CLIMATE PEACE

MIRAE
BOOK

Anote Tong

Editing and Printing by : The Sunhak Peace Prize Committee Secretariat Office
Published by : Mirae Book
Printed by : Kwangil Printing Enterpriser Co.
Design by : Design feel
Published Date : February 2016

ISBN : 978-89-92289-78-8 03800
Price : 15,000won

The Sunhak Peace Prize Committee Secretariat Office
7F Dowon Building, 34 Mapo-Daero, Mapo-Gu, Seoul, Republic of Korea 04174
Phone : +82)2-3278-5154 / Fax : +82)2-3278-5198

기획·편집   선학평화상위원회 사무국
발 행 처   미래북
인   쇄   광일인쇄기업사
디 자 인   디자인필
발 행 일   2016년 2월 1일

ISBN : 978-89-92289-80-1 03800
정 가 : 15,000원

선학평화상위원회 사무국
121-728 서울시 마포구 마포대로 34 도원빌딩7층 / 전화 02-3278-5152 / 팩스 02-3278-5198

Anote
TONG

Contents

A global leader of climate peace

Climate change is the most serious crisis that the future generations will face. With the recent publication of the fifth assessment report by the Intergovernmental Panel on Climate Change (IPCC) and the report that the greenhouse gas concentrations have reached a serious level, climate change caused by human activities has transited from a scientific 'hypothesis' to a scientific 'fact' accepted by virtually everyone. Response and adaptation to this critical crisis have become imperative, as it directly relates to the survival of the human race. International activities such as emissions trading for reducing the substances causing climate change are being strengthened further.

In the Intergovernmental Panel on Climate Change (IPCC) held in Stockholm,

Sweden in September 2013, new evidence of climate change were suggested based on the scientific analysis of data and records on the climate. According to the report, catastrophic changes were observed during the past few decades, including unprecedented rapid increase in greenhouse gas concentrations, increased temperature of the atmosphere and the ocean, rapid decrease in snow and glacier, and rise of sea level. Despite all these signals of global environmental destruction, mankind has been slow in reacting and remains unprepared for what may happen in the future.

The Sunhak Peace Prize Committee selected Kiribati President, His Excellency Anote Tong, as the 1st laureate of the inaugural 2015 Sunhak Peace Prize, for his dedication to raising awareness about the climate crisis in the Pacific Rim. Kiribati stands on the frontline against climate change, and is said to be on the verge of submergence due to rise in sea levels, and is home to vast treasures of marine resources and the basis for future peace. To break through this crisis, they need mutual assistance and cooperation from the international community, in such areas as reduction of carbon dioxide emissions and a control over any further severe damages to the environment. But due to conflicts of interest among countries, the international community has not yet been able to accommodate any practical solutions.

President Anote Tong of Kiribati has been enthusiastically informing the international community about the severity of the climate crisis conflicting his country in hopes that they will act. He has also taken an active role in organizing international conferences that may lead to joint declarations of policies for solving the climate crisis. In anticipation for what could very well be the worst case scenario of his people being displaced as climate refugees, he is making sure has been asserting various vocational training programs to make sure that his people do not lose their dignity and human rights. . Furthermore, President Tong has championed ocean conservation declaring parts of Kiribati's exclusive economic zone as a marine protected area sacrificing his country's potential financial profits for the sake of future generations, thereby sending a strong message to the international community.

The late Rev. Sun Myung Moon, founder of the Sunhak Peace Prize, devoted to the construction of a global community with the peace vision of 'One global family.' This peace vision originates from the basic premise that humanity is one family passing down continuously from generations to generations. President Tong's climate peace activities are dedicated actions based on moral resolution for the peace of future generations beyond the interests of the present generation. The principal threats to the peace of humankind in the 21st century are natural disasters and various diseases, particularly the global environmental disasters resulting from such things as climate change and energy depletion. While the present generation has competed tirelessly for growth and development, the Earth which serves as our eternal home, has been severely contaminated and destroyed because of it. Now, it has reached a point where future generations will have to embrace the damages. President Tong's efforts for climate peace has shown a new horizon for how to solve this imminent crisis in harmony with the grand vision of the Sunhak Peace Prize.

It is our hope that the awarding of the Sunhak Peace Prize can serve as a platform to better inform the general public about the efforts of President Tong for climate peace. We also hope that through this book, you will feel the warm affection of the man who has led the cooperation of the international community to conserve Kiribati's beautiful natural environment and the happy smiles of its children.

January 2016

The Sunhak Peace Prize Committee

Climate is peace

Climate change is not a problem of the future. It is one of the most severe crises that we are already facing now. Abnormal weather patterns are occurring globally, including the change in precipitation, the change in the Earth's hydrological system due to the melting of snow and ice, drought, El Nino, record-breaking temperatures, and powerful storms.

The International Federation of the Red Cross and Red Crescent Societies (IFRC) announced that 22,000 people died of natural disasters in 2013 alone. Typhoon Haiyan hit the Philippines in November killing 7,900 people, and in June 6,500 people died of a flood caused by heavy monsoon rain in India. The British peer-reviewed journal, The Lancet, made a bleak prospect in a recently published report that in 2100, 1 billion people will be affected by severe drought and 2 billion from floods globally. The United Nations International Strategy for Disaster Reduction (UNISDR) also predicted that, unless the world responds actively to climate change, the economic losses from natural disasters in the 21st century will reach at least 25 trillion dollars (usd).

The Intergovernmental Panel on Climate Change (IPCC) credits greenhouse gases as the major cause of climate change threatening humanity's survival. As the concentration of human generated greenhouse gases in the atmosphere increase consistently, the surface temperature of the earth rises due to the greenhouse effect, and as a result various abnormal weather patterns occur more frequently. According to the IPCC, global concentration of greenhouse gases are expected to increase by 25-90% between 2000 and 2030, and global warming will continue accordingly.

The concentration of greenhouse gases (carbon dioxide, methane, nitric oxide, etc.) in the atmosphere have increased exponentially since the Industrial Revolution due to various human activities including combustion of fossil fuels and destruction of forests. Its rate of increase has been unprecedented in the last 20,000 years.

The surface temperature of the earth has risen by as much as 0.85 °C during the 133-year period from 1880 to 2012. The temperature of the earth was the highest in the last 30 years (1983-2012) and in particular the first decade of 2000 is said to be the hottest on record.

Elevated global temperatures are melting the ice sheets of Greenland and the Antarctic at high speeds. Over the last two decades, the Greenland and Antarctic ice sheets have been losing mass, glaciers have continued to shrink almost worldwide, and Arctic sea ice and Northern Hemisphere spring snow cover have continued to decrease in extent. The average rate of ice loss from glaciers around the world, excluding glaciers on the periphery

Observed globally averaged combinrd land and ocean surface temperature anomaly 1850-2012

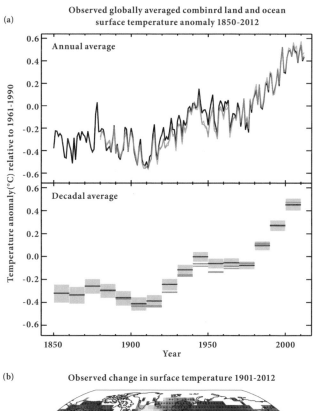

(b)

Observed change in surface temperature 1901-2012

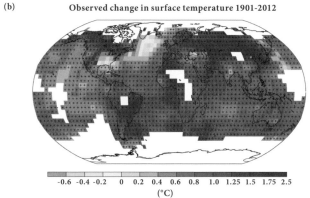

[Figure 1: Change in global temperature, IPCC]

of the ice sheets, was very likely 226 [91 to 361] Gt yr–1 over the period 1971 to 2009, and very likely 275 [140 to 410] Gt yr–1 over the period 1993 to 2009. The average rate of ice loss from the Greenland ice sheet has very likely substantially increased from 34 [–6 to 74] Gt yr–1 over the period 1992 to 2001 to 215 [157 to 274] Gt yr–1 over the period 2002 to 2011. The average rate of ice loss from the Antarctic ice sheet has likely increased from 30 [–37 to 97] Gt yr–1 over the period 1992–2001 to 147 [72 to 221] Gt yr–1 over the period 2002 to 2011. There is very high confidence that these losses are mainly from the northern Antarctic Peninsula and the Amundsen Sea sector of West Antarctica.

As melting ice sheets from Greenland, the Arctic, and the Antarctic due to global warming flow into the oceans, sea levels will rise consistently. Global average sea level rose at an average rate of 1.8 [1.3 to 2.3] mm per year over 1961 to 2003. It is very likely that the mean rate of global averaged sea level rise was 1.7 [1.5 to 1.9] mm yr–1 between 1901 and 2010, 2.0 [1.7 to 2.3] mm yr–1 between 1971 and 2010, and 3.2 [2.8 to 3.6] mm yr–1 between 1993 and 2010.

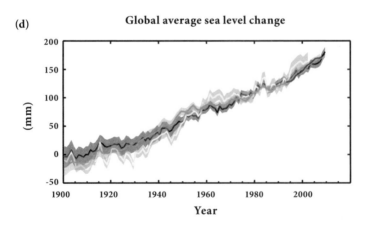

(d)

Global average sea level change

[Figure 2: Change in global average sea level, IPCC]

The IPCC's 5th assessment report predicts that in East Asia, the average temperature will increase by 2.4 °C and the precipitation will increase by 7% by the end of the 21st century. Also, the incidences of abnormal weather phenomena is increasing in many parts of the world, and El Nino which causes severe droughts and floods, has increased consistently in frequency and duration since the mid-1970s. It is expected that, because of global warming, the difference in seasonal precipitation will increase further between arid regions and humid regions and the difference in temperature during the rainy season and the dry season will become larger in most parts of the world.

Although it is expected that the climate change caused by global warming will have a great impact not only on the ecosystem but also to humanity, not much have been done to alleviate these phenomena. The IPCC foresees that, if the temperature of the earth rises by 2 °C, about 500 million people will suffer from hunger due to significant decrease in agricultural production from tropical regions, and a 2 °C rise in temperature may lead to 40 – 60 million more people exposed to malaria in Africa. It also warns that many animals such as polar bears can become extinct as the ice in the Arctic disappears.

What is worse, even if we succeeded in cutting greenhouse gas emissions today, climate change will still continue for hundreds of years as more than 20% of the carbon dioxide already in the atmosphere will remain there for over 1,000 years. As a result, it is expected that large-scale natural disasters will cause tremendous economic loss and at least 200 million people will become climate refugees by 2050.

Climate change has a larger effect on developing countries which are less adaptable to abnormal weather than developed countries. The World

Bank estimates that the economic loss of developing countries in 2001-2006 from abnormal weather phenomena reached 1% of their GDPs. When compared with 0.1% for developed countries, the economic burden of the developing countries is 10 times. The developing countries, which already fall victim to severe impoverishment due to economic underdevelopment, insufficienct social capital and systems, weak governance, etc., are expected to be more severely damaged by climate change. The most common phenomena of climate change experienced by the developing countries include extreme weather caused by the change in temperature and precipitation such as drought, flood, storm, etc., destruction of biodiversity and ecosystem, aggravation of desertification, change in biogeochemical cycles, and melting of ice shelves.

The abnormal weather phenomena affect the developing countries not only in environment but practically everything such as agriculture, forestry, fisheries, stock-farming, industries, drinking water, hygiene and health, education, and society and economy. Droughts and floods cause food shortage by reducing crop production, and the destruction of land and industrial infrastructure leads to the loss of the means of livelihood. In addition, the change in living environments and migration cause social instability, and the diseases lead to decreased labor productivity. In this way, the developing countries are more vulnerable to climate change.

The problem is more severe for low-lying coastal countries. Especially, the small island countries in the Pacific, which are expected to go under water entirely within decades due to sea level rise, are the frontline countries of climate change. Kiribati, with average elevations of only 2 m above sea level, has already lost two islands underwater and many parts of the country are in the midst of being submerged. In Tuvalu, a small island country with a population of a little more than 10,000 civilians, sea levels that rose by 0.07 mm in the past two decades have risen rapidly by 1.2 mm in recent years. As a result, two of its nine islands went underwater including its capital Funafuti. In 2001, Tuvalu's government announced that the islands may need to be evacuated in the event of rising sea levels. Experts predict that the whole territory of Tuvalu will go underwater within the next 40 years.

The Marshall Islands, a neighboring island country, also saw 15% of its population, or 10,000 people displaced as climate refugees due to sea level rise. The IPCC foresees that these small island countries will disappear from the map forever if the temperature of the earth increases by 2 ºC, resulting in a rapid growth in climate refugees.

Recognizing the severity of climate change, the international community is holding the UN Conference of Parties (COP) every year to address the regulation of greenhouse gas emissions. However, currently no substantial progress have been recorded due to the differing views between the developed and the developing countries.

Especially, as the new convention on climate change (Post-2012 system) for replacing the Kyoto Protocol came to a deadlock, no substantial agreement was achieved. Unlike the Kyoto Protocol which obligates only the 38 industrialized countries to reduce greenhouse gas emission, the new climate change convention also included developing countries as well. It also established the 'Green Climate Fund' to help developing countries vulnerable to climate change adapt, improve energy efficiency, and adopt low-carbon technologies.

Although it is planned to complete the 'new climate change regime' to hold the increase in global average temperature below 2 ºC above pre-industrial levels based on Intended Nationally Determined Contributions

(INDC) intended to be launched in the 21st Conference of Parties to the UNFCCC (COP21) in Paris in December 2015. It is not certain whether a substantial agreement can be made, as differing opinions between the industrialized and the developing countries still exist.

In the midst of all this, President Anote Tong of Kiribati is leading the charge to overcome the crisis of climate change, by bringing the crisis of climate change to light and raising global awareness about the severity of the small island countries on the verge of submersion due to sea level rise. Tong stresses that Kiribati and other small island countries in the Pacific, which emit only an eighth of the total carbon dioxide emitted globally, are on the verge of submersion into the sea, and seeks for cooperation by the international community to make substantial sacrifices to overcome the climate crisis. He also established a marine protected area (PIPA) in his country's exclusive economic zone foregoing the licensing of commercial fishing in that area and sacrificing the government's major source of income, in order to protect the ocean environment for future generations. Tong is the leader of climate peace who speaks for countries vulnerable to climate change and appeals to the world to cooperate in reducing greenhouse gas emissions for the future of our world beyond the short-term interests and conveniences of individual countries.

CLIMATE PEACE
A n o t e
TONG

"Global warming needs to be acted upon now not tomorrow, because all our
futures are at stake here.
Future peace is not set in stone but is left to be created by the people of today."

Born in beautiful Kiribati

Anote Tong, the President of Kiribati, was born on June 11, 1952 in Fanning Island, Line Islands, Kiribati. Tong's father, a Chinese immigrant, settled in Kiribati after World War II and married his mother. His mother, an indigenous Kiribatian, was a traditional Micronesian woman with a beautiful smile.

Tong was raised in a relatively affluent environment. His father was a diligent man. Although he was busy with business, he cared deeply about his children's education. He believed that education was an essential future investment to lead better lives. His mother was also a very caring and understanding person, who respected her husband's opinion regardless of differences in cultural background, and raised their children to respect

"When Anote used to play at the beach, everything was
just warm and comfortable. The emerald ocean was the
most exciting playground and the most relaxing park for
young Anote."

their father.

This was a common trait among the Kiribati people who enjoyed a joyful and optimistic life close to the beautiful South Pacific Ocean. They were genial and kind, and didn't covet what belonged to others or quarrel for ownership. The Kiribati people had the highest happiness index in the world.

As a child, Tong's favorite pastime was playing at the beach. He played all day while swimming or catching tropical fish in the warm and clear sea. Whenever he was bored, he would ride canoes or play with the sand under coconut trees on the beach with his brothers. He felt warm and comfortable when he played on the beach. The emerald-green sea was the most exciting playground and comfortable shelter for young Tong.

Then one day, his father who was always busy with his business, came home earlier than usual. Young Tong and his brothers were anxious. Their father was one of those people who didn't smile much. Because he was so serious and would ask how they were doing academically, his children felt constrained when they were with him.

"Anote!"

Anote gazed at his father, concerned with what he would ask him. "How is school my son? Is it interesting?"

"School is fun but studying is'nt."

His father grinned at his candid answer. He looked at Tong who was gazing back at him with those cute, glittering eyes of his.

"Studying is basically not fun. We don't study for fun. We do it because it is necessary."

"Why is studying necessary? Everybody here lives happily even without studying."

"Anote, you're right. One can live happily even without studying. But to live in such peace and happiness continuously, you have to study. There are many countries in the world aside from Kiribati, and they all affect Kiribati. Like a father who works hard to have his family live a comfortable and happy life, someone needs to make sure the people of Kiribati have a happy future."

Although he could not fully understand what his father meant, the words "study for the sake of Kiribati's future" remained in young Tong's mind. Later, after graduating from high school he chose to study economics at the University of Canterbury in New Zealand to make sure the people of Kiribati had a happy future. He also received a master's degree at the London School of Economics (LSE) in the UK.

Kiribati was a country of massive water and the national economy was dependent on fisheries. More than 80% of its people made a living from fishing, and an important source of income for the nation came from licensing fishing permits to such countries as Korea, Japan and the US. While studying economics, Tong realized that for a country like Kiribati with few resources other than the sea to maintain a stable economy, relationships with other countries was important. He felt that Kiribati's economy was more influenced by international politics than by industries.

After graduating from university, Tong returned to Kiribati. Others from the island countries in the Pacific who studied abroad rarely returned to their home countries. Life in the industrialized countries were more convenient and comfortable than in their homelands. They didn't want to live unstably in their poor and powerless mother countries.

Tong was also offered jobs in New Zealand and Australia, but he was not interested as he could not forget his father's words, "study for the sake

"After graduating from university, Tong returned to
Kiribati to work for the peace and wellbeing of his native
country."

of Kiribati's happiness and peace." While studying economics, he realized that it was most urgent to understand and utilize the structure of international politics to help build Kiribati's future.

After returning to Kiribati, Tong started to work as a staff for the nation's economic development, planning, and cooperation. In the 1990s, the world economy was changing rapidly. Kiribati was a small island country with a population of 110,000, consisting of 33 low-lying atolls spread throughout the Gilbert Islands, the Line Islands and the Phoenix Islands. As the Cold War ended and the tide of neo-capitalism swept over the world, the fear that Kiribati's peace could be destroyed any time never left Tong's mind.

Particularly, the rise of sea level was casting a shadow over beautiful Kiribati. Since the 1990s, many parts of inhabited coral islands start experiencing loss of land. As a result, two small Kiribati islets, Tebua Tarawa and Abanuea, disappeared underwater in 1999. Such submergence could also be easily found in several places of the capital island of Tarawa. The edge of Tarawa Atoll was ruined by sweeping seawater and only the sign of habitation remains hideously along the coastline. Puddles filled with seawater now occupies the playgrounds where children used to play all year round.

Noticing these signs of disaster for Kiribati in its early stages, Tong tried to find a solution. Although the phenomena was so resinous that they could impact the very survival of Kiribati, the Kiribati people did not recognize its seriousness yet.

What would be the solution? Tong was elected President and was now responsible for the future of Kiribati. After his inauguration, President Tong's worries became even deeper. What can I do for the future of a submerging country? President Tong could not sleep.

Submerging Kiribati

The people of the nation of Kiribati, the country where the sun rises the earliest, have lived with a heavy heart because many parts of their country are being submerged as the sea level rises due to climate change. 50,000 people, exceeding half the population of Kiribati, live in the capital city of Tarawa, crammed onto the sand and coral strip measuring about 16 square kilometers.

The average height of Tarawa is only about 2 meters above sea level. But, the sea level is increasing by 2.9 mm a year due to global warming. It is slightly higher than the global average sea level rise of 1-2 mm. Although 2.9 mm may seem insignificant, it is a severe problem threatening their survival.

"When Secretary-General Ban Ki Moon visited Kiribati
in 2011, he planted mangroves to prevent coastal erosion,
but they were also immersed underwater and had to be
replanted elsewhere. President Tong sees Tarawa being
uninhabitable with the next 30 to 60 years."

President Tong wanted those who are unaware of the severity of climate change to know the reality of Kiribati. "Have you seen the causeway? It's falling apart. I asked one of my ministers to visit one of the communities in the island of Abaiang. I've been worried about them because the freshwater pond had been breached. It used to be a few hundred meters away from the sea. Now it's not. So the sea is affecting our freshwater supply. It's affecting food crops too. I project that within 5-10 years people have to leave the place. All that will happen is that it will get worse. We may be talking about one or two communities today. In 5 years, we may be talking about half a dozen communities. In 10 years' time, we may be talking about more communities. And maybe in 50 years, we may be talking about the entire nation."

To prevent their homes from disappearing, the residents built embankments and planted mangroves which are effective in stabilizing coastlines. But, it was of no use. The rising tides destroyed the banks made of earth and gravel and the mangroves died due to the salty seawater. When the UN Secretary-General Ban Ki Moon visited Kiribati in 2011, he planted mangroves to prevent coastal erosion. But, they had to be replanted elsewhere as they were flooded. The sea level is rising at such a high speed. President Anote Tong predicts that Tarawa will become uninhabitable within 30-60 years due to sea inundation caused by climate change.

The people of Kiribati are suffering from shortages of drinking water as salinity seeps into the groundwater stratum, the freshwater has turned salty. As the groundwater which is the source of drinking water for the residents gets contaminated and turns into brine, the hygienic conditions are also taking a hit. Mothers complain that it is hard to take care of their babies because of water shortages.

"Kiribati had an abundance of coconut trees and is
sometimes called the coconut islands, but as the
saltwater keeps rising the coconut trees are dying out.

"I have a 3-month-old baby. It is hard to get clean water to bottle-feed him. It is even more difficult to bathe him. Drinking water is not enough to take care of the baby."

Presently, most houses in Kiribati make use of rainwater as drinking water. Almost every Kiribati house has a large storage tank set up by the P.U.B. (Public Utility Board) to collect rainwater for use as drinking water. They bathe and cook with the rainwater. But they suffer in the dry season with little precipitation, because they cannot get enough drinking water from anywhere in the islands.

Time is ticking away at Kiribati and soon no crops will be able to be cultivated there any more. As the waves enter ever more inward, land for cultivation decreases gradually and crops wither as the seawater seeps into the groundwater. Tong expressed the sad reality of his country , "The soil is being eroded due to the sea level rise and back flow of seawater. It is impossible to supply drinking water and grow crops. The process of death is ongoing. Due to intrusion of saltwater by storms and tidal waves, the productivity of low-lying arable land has decreased. For these reasons, some of the islets of Kiribati were deserted."

Only two decades ago, Kiribati was so abundant in coconut trees that it was called the Coconut Islands. The coconut trees were economic resources and support against soil erosion. But as the seawater seeped in the trees began to die slowly. Now, it is hard to see healthy coconut trees because of the salty soil and lack of water.

The food problem is becoming more severe as the arable land decreases. Due to the intrusion of salty water and the loss of most of the low-lying arable land, crop production is decreasing rapidly. Now, Kiribati is importing all foodstuffs from other countries. For President Tong, how to stably secure food for the Kiribati people became an important practical issue.

As the situation becomes worse, many people moved to the capital city of Tarawa. At present, the population there is increasing by 6% a year. By 2030, it is expected that its population will reach double the present population, and the population density will be similar to those of big cities such as London and Los Angeles. With overpopulation, Tarawa already suffers from such problems as inflation, skyrocketing unemployment, and lack of educational facilities and medical services.

Even the usually optimistic Kiribati people are in a state of unrest. Children are uneasy for fear of seawater surging their houses. The UN Secretary-General, Ban Ki Moon, recollected, "I met a boy when I visited Kiribati. He was scared to go to bed at night for fear of being drowned in his sleep. Climate change is a serious threat to the survival of many low-lying countries."

The best option for a country submerging slowly into the sea, is to migrate to safer ground. However, the Kiribati people do not want to leave their home where they were born and raised. "My house was entirely swept over by the seawater. But, I don't want to leave. And, I can't leave. What I can do now is just to pray that this situation stops. I don't know what to do in the future."

Kiribati is a beautiful island embracing the emerald-green sea. But the people there are living day to day, fearing that their homes might disappear and without hope for the future.

Island countries at risk of disappearing from the world map

The damage and tragedy caused by the rise of sea levels are not the problems of Kiribati alone. Most small island countries located in the South Pacific suffer from similar situations.

The Republic of Tuvalu, which is the nearest neighbor of Kiribati, is one of the first countries that might disappear due to climate change. Tuvalu is the fourth smallest country in the world, with a total area of 26 square meters and a population of about 10,000. Tuvalu, which means 'nine islands,' is blessed with wonderful natural views. But now, Tuvalu is also falling victim to the rising seas.

The average elevation above sea level of the islands of Tuvalu is lower

"As climate change frequently broke out into tsunami the Kiribati people who regarded the ocean as family started to sense fear. Tsunami damages to countries in the Pacific region are worsening."

than 2 m, and even the highest location is lower than 5 m. The sea level has risen there by 0.07 mm annually during the past two decades, and has risen abruptly by 1.2 mm within the last year. Eight out of the nine islands were inhabited. Now, two of them have disappeared and the capital city of Funafuti has been submerged. Infrastructure was destroyed by frequent storms and tidal waves, and the intrusion of salty water into soil led to shortage of drinking water and damaged crops, turning it into a deserted land where man cannot live any more.

In 2001, the Tuvalu government declared that they will abandon their country. They determined that it was impossible for the small, poor country to cope with the sea level rise. Although the over 10,000 Tuvalu people fled to nearby countries as climate refugees, Australia and New Zealand have refused to care for the whole population only later agreeing to allow partial entry for those who pass certain conditions. The people remaining in the islands are living restless lives day by day not knowing where to go.

The Republic of the Marshall Islands, famous for its beautiful coral reefs and Bikini Island, also suffers from sea level rise, rainstorms and frequent floods due to climate change. The Marshall Islands is a small island nation in the Pacific, with a total area of 182 square meters and a population of 70,000. The Marshall Islands consists of 29 coral atolls and 5 islands, and the highest location is 10 meters above sea level. The capital city of Majuro and other parts of the country have already been submerged under the sea. With more glaciers melting, the sea level around the Marshall Islands has risen by as much as 20 cm during the last 100 years.

What is worse, tidal waves are occurring frequently due to climate change. The people who have come to regard the sea as a part of their homes are

"The people of Kiribati miss the old days when they lived in their beautiful country without any worries. Sea-level rise threatens their very survival."

now suffering from its damages.

"I was really scared when I saw the waves surging out of the window. I yelled at my parents to run away. I wanted to cry when I saw my scared children, but I had to resist for them."

The people who lost their homes due to flooding are leaving for safer ground one after another. About 10,000 people corresponding to 15% of its population already migrated to Springdale, Arkansas of the United States. The IPCC predicts that the Marshall Islands will disappear entirely from the globe if the earth's temperature increases by even 2 degrees above the pre-industrial levels.

Vanuatu, an island country in the South Pacific, was badly damaged not only by sea level rise but also by a big cyclone due to climate change. Recently, as Cyclone Pam swept over the country, all the villages collapsed and 90% of the housing was destroyed. With the damage, over 3,300 people became homeless and a majority of its 250,000 population lost their means of livelihood. The country home to the people of the world's no. 1 happiness index fell into ruins by a single cyclone. The prime minister of Vanuatu claims that the disaster was because of global warming. He argued that the sea level has risen consistently in recent years, and that the climate has changed significantly as they have experienced more frequent heavy rains than ever before.

"As the sea level rises consistently, unprecedented cyclones occur and abnormal weather phenomenon such as storms, tidal waves and tsunami occur more frequently. They are big threats to small and poor island countries like us. Only one cyclone is enough to devastate the whole country."

Damages from cyclones are not just Vanuatu's problem. The neighboring island country, the Cook Islands, is also one of the unfortunate countries afflicted by rising sea levels, ever aggravating storms, and super cyclones. In particular, Cyclone Sally in 1987 severely damaged Rarotonga. As the capital city of Avarua was devastated, many people were victimized. In 1997, Cyclone Martin hit Manihiki Atoll and destroyed 90% of the houses. Due to violent storms, floods and tidal waves, the coastal infrastructure of the Cook Islands was destroyed and the beaches were also severely damaged. Global warming is seriously destroying the marine ecosystems of Vanuatu.

As such, the small island countries of the Pacific including Kiribati are at risk of disappearing entirely below the sea level. Unlike its peaceful scenery that gave them the title paradise on Earth, these small island atoll countries along the coastlines of the Pacific say that their survival itself is threatened by sea level rise. The residents are scared that their homes could be swept any time.

"In the past, the sound of the sea was a lullaby. Now, we're afraid of the splashing waves. They can swallow up our homes any time."

In order to keep the rising seawater from flowing in, the residents of the island countries in the Pacific are building seawalls made of earth and gravel. Also, they are planting salt-tolerant mangrove trees to protect coastal areas from erosion.

However, even these basic measures to fight against flooding are not easy for the poor island countries. Although they have ambitiously planned to utilize solar energy and build freshwater treating facilities, they cost too much for the island countries relying mostly on fisheries.

Now, the island countries in the Pacific have to make a choice. Do they remain in the submerging islands, or will they leave the islands and become climate refugees? Watching these neighboring countries, President Tong wanted to find a new path for Kiribati that may serve as a solution for other vulnerable countries as well. But nothing seemed to come within their grasp.

The people yearn for their past when they lived without concerns. They didn't realize in the 1990's that sea levels were rising. They even thought, "it is over-exaggerated to say that Kiribati can disappear into the sea." But in the 2000's, the Kiribati people began to feel the effects of sea level rise and realized that those arguments were not so far fetched.

At first the banks broke down. The government helped them repair the banks. But they realized that it was of no use to rebuild them. At the highest tides, the seawater began to come into the houses. When the houses were flooded, they had to move to higher places and wait until the water went down.

It became a daily routine for the Kiribati people to check when the tide would be high. The people built boats. The children are afraid of what awaits their future asking, "Grandpa, are you building this boat to ride in when the flood comes? Will we be safe?"

The situation in Kiribati is not so beautiful any more even though the sea still shines with emerald-green glitters. There is neither drinking water nor food. Without a decisive plan they will be destined to become climate refugees. No country wishes to welcome climate refugees and the Kiribati people do not wish to leave. For these reasons, it is difficult to take affirmative action.

Global warming,
the main cause of sea level rise

The reason why the Pacific island countries including Kiribati face the risk of submergence is due to global warming. Since the Industrial Revolution, the concentration of greenhouse gases in the atmosphere has increased remarkably due to human activities including increased use of fossil fuels, destruction of forests, etc. at a level unprecedented in the last 20,000 years. The increased concentration of greenhouse gases resulted in global warming, which in turn led to sea level rise.

According to the IPCC's 5th assessment report, the globally averaged combined land and ocean surface temperature data as calculated by a linear trend, show a warming of 0.85 °C, over the period 1880 to 2012, when multiple independently produced datasets exist. Although it may seem like an insignificant increase, it has a tremendous effect on the earth. Even a small surface temperature increase can cause abnormal weather such as sea level rise, change in precipitation, and hurricanes and tsunamis by melting the ices in polar regions.

It is to be noted that recently, the temperature rise has been accelerating. Each of the past three decades has been successively warmer at the Earth's surface than all the previous decades in the instrumental record, and the first decade of the 21st century has been the warmest since 1850. The IPCC grimly foresees that if global warming continues at this pace, on an annual average, and depending on the forcing scenario, the mean Arctic (67.5°N to 90°N) warming will rise by 3.7 degrees the global average warming for 2081–2100 compared to 1986–2005. Due to global warming, the temperature of the Arctic atmosphere has risen about 5 degrees, 6 times faster than the increase of the global average temperature. In the last 133 years when the surface temperature of the earth has risen by 0.85 °C, that of the Arctic has risen by as much as 4-5 °C. The Arctic is known as "the place where the earth's climate is created" and is called the roof of the Earth. But the roof is collapsing slowly as the glaciers of the Arctic is melting fast. The IPCC's 5th assessment report gloomily announced a study result that the sea ice area of the Arctic Ocean has decreased by 3.5-4.1% every 10 years and the sea ice area of the Antarctic also has decreased by 1.2-1.8%.

Recently, there was an incident where 35,000 walruses were spotted on the beach of Alaska. They were driven to the nearby Alaskan beach as the glaciers of the Arctic glaciers melted down. The glaciers of the Arctic are melting at such a high speed, that the National Oceanic and Atmospheric Administration (NOAA) predicts that, if global warming continues at the

As the Arctic ice has started to melt, each country in the
Pacific started to experience sea level rise. If thawing
continues at this rate, 600 million people in the Pacific
will lose their homes by 2100."

current speed, the Arctic glaciers will disappear permanently from the Earth by 2040.

The melted glaciers are rapidly raising the sea level. The IPCC's 5th assessment report pointed out that the global average sea level has risen by 0.19 m between 1901 and 2010. The sea level rise in 1993-2010 has been about two times faster than during the 1901-2010 period. As global glaciers melt, a tremendous amount of water is flowing into the oceans.

The greatest victims are the small island countries in the South Pacific. The waters of the northern hemisphere reaching the South Pacific are expanded due to the tropical heat. As a result, the many low-lying island countries in the South Pacific are afflicted by the sea level rise.

Kiribati, with land elevations only 2 meters above sea level, has already lost its two islets and many parts of the country are being submerged. Due to the global warming-induced sea level rise, the beautiful island countries of the South Pacific including Kiribati, Nauru, Tuvalu and the Cook Islands might disappear forever from the Earth. The IPCC predicts that in 2100, low-lying island countries such as the Maldives in the Indian Ocean or Tuvalu in the Pacific will disappear, and 10% of the world population, or 600 million people, will lose their homes.

Global warming is said to be the cause of catastrophes such as Hurricane Katrina. Due to the El Nino caused by the abnormally raised sea surface temperature, drought occurs very frequently in Indonesia. In India, drought, heavy rains, and storms are increasing rapidly. Also, in the Western and Central US, the incidence of heavy rains and tornadoes is increasing. In the 21st century, the world is suffering from strong earthquakes of magnitude 7 or higher, heat waves exceeding 50 °C, super storms of 90 m/sec, and other abnormal weather phenomenon occurring simultaneously. Experts warn that the abnormal weather phenomena will increase if the atmosphere rises any further.

As such, global warming has brought many changes. And the changes are causing serious crises around the world. Experts warn that all humanity will face catastrophes unless the rising global temperature is lowered immediately. They assert that all the countries should recognize the seriousness of climate change and act aggressively to stop global warming. UN Secretary-General, Ban Ki Moon, strongly urges the international community to take heed of the seriousness of global warming and respond promptly.

"The climate change will have a serious, extensive and irrevocable impact. The climate change threatens the hard-won peace, prosperity, and opportunity for billions of people. Today, we must set the world on a new course."

To lower the surface temperature of the Earth, the emission of greenhouse gases should be reduced above all. The main cause of global warming is the greenhouse gases such as carbon dioxide which are generated as a result of fossil fuel use. Since the greenhouse gases cause solar heat to be retained in the Earth's atmosphere, Earth's temperature rises.

However, the emission of carbon dioxide into the atmosphere is increasing rapidly. According to the IPCC's 5th assessment report, the concentration of greenhouse gases such as carbon dioxide (CO_2), methane (CH_4) and nitrous oxide (N_2O) in the atmosphere has risen by about 40%, 150% and 20%, respectively, amounting to 391 ppm (parts per million), 1803 ppb (parts per billion) and 324 ppb respectively in 2011 due to human activities including combustion of fossil fuels, deforestation and cultivation, as compared to pre-industrial levels. They far exceed the concentrations during the past 800,000 years recorded in the glacial ice cores, and the average increase rate in the atmosphere is unprecedented in the last 22,000 years.

The countries that emit more carbon dioxide are definitely the economically developed countries. Since the Industrial Revolution, these countries have competitively pushed forward economic development and have emitted excessive amounts of greenhouse gases in the process. According to the book "Field Notes from a Catastrophe" written by Elizabeth Kolbert, the US is by far the largest greenhouse gas emitter in the world based on total volume. Each year, one American emits greenhouse gases which amount to those emitted by 4.5 Mexicans, 18 Indians and 99 Bangladeshis.

The amount of carbon dioxide emitted by China is also considerable. China, which is pushing forward rapid economic development, is one of the world's largest greenhouse gas emitting countries. Not only the developed countries that have rapidly industrialized during the past few centuries, but also the emerging developing countries such as China and India, are also major players of global warming.

Unlike these economically developed countries, the small island countries in the Pacific at risk of submergence are by no means major carbon emitters. President Tong emphasizes that Kiribati's carbon dioxide emission level is relatively non-existent. In Kiribati, it is hard to find large factories, cars or industrial facilities that pollute the environment. Nevertheless, Kiribati became one of the worst victims of climate change.

"Per capita Kiribati's greenhouse gas emission is only an eighth of the world average, and is uncomparibly lower than those of developed countries. Yet, Kiribati is now on the verge of submergence because of carbon dioxide emitted by those half a world away. We eagerly hope that the developed countries responsible for climate change will do the right thing."

The price of the reckless energy consumption by those economic powers thousands of kilometers away, is being paid unfairly by the Kiribati people.

The ecosystems and coral reefs on which the residents of the islands rely on, are being damaged due to the rising sea temperature, and many people are suffering from the loss of coastlines and infrastructure caused by ground erosion, flooding and tidal waves. The carbon dioxide emitted by powerful countries is threatening the precious homes of the peoples of the Pacific island countries including Kiribati.

The economically developed countries should be held accountable for the climate crisis faced by the Pacific island countries. The international community must come together to improve the situation of countries like Kiribati, who are the largest victims of climate change.

The Copenhagen Climate Conference
ends in failure

Despite the desperate pleas from the South Pacific states such as Kiribati on the verge of submergence, the international community could not rally together on the subject of global warming. The international community adopted the 'Bali Road Map' as a new convention on climate change to replace the 'Kyoto Protocol' which ended in 2012 and was supposed to finalize a binding agreement through a 2-year period. But, they failed in achieving a final agreement due to the conflicting interests between the developed countries and the developing countries.

The Kyoto Protocol is a framework convention between countries for regulating and fighting climate change. Prior to it, in order to prepare for

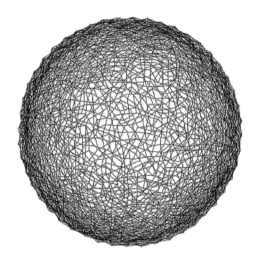

COP15
COPENHAGEN
UN CLIMATE CHANGE CONFERENCE 2009

Source : UN

"The Bali Road Map specified securing funds that may be taken advantage of not only by the developed nations but also developing nations participating in lowering carbon emissions thereby lowering economic damages due to climate change. This agreement gave hope to the countries most vulnerable to climate change."

the global climate disasters, the 'Rio Conference' was held by the UN in June 1992 in Rio de Janeiro, Brazil. The participating countries agreed to voluntarily reduce their greenhouse gas emissions and adopted the United Nations Framework Convention on Climate Change (UNFCCC).

However, the UNFCCC could not be fully implemented due to the lack of legal binding force for obligating the spontaneous reduction of greenhouse gases. To improve this situation, the 3rd session of the Conference of Parties to the UNFCCC (COP3) was held in December 1997 in Kyoto, Japan. In this Kyoto Climate Change Conference, 38 developed countries adopted and signed the Kyoto Protocol for reducing the emission of greenhouse gases which is the main cause of climate change and agreed to put it into force from 2005.

The Kyoto Protocol was a step forward from the Framework Convention on Climate Change in that the emission of greenhouse gases was regulated by an international law. The Framework Convention on Climate Change states that its 192 ratifiers should investigate and report their emissions and removals of greenhouse gas to its negotiating committee and make plans for preventing climate change. Going one step further, the Kyoto Protocol stated that its ratifiers were committed to reducing the emission of the six main greenhouse gases (carbon dioxide, methane, nitrous oxide, perfluorocarbons, hydrofluorocarbons, and sulfur hexafluoride) and the countries that failed to reduce emission would be liable for penalties.

Under the Kyoto Protocol, 38 developed countries which accounted for 55% of global greenhouse gas emissions were obliged to reduce greenhouse gas emissions by 5.2% relative to the 1990 standards within the period between 2008 and 2012. In particular, of the 186 member nations of the Framework Convention on Climate Change, and the 15 countries of the European Union (EU) should reduce emissions by 8%, the US by 7%, and Japan by 6%.

The commitment period of the Kyoto Protocol was 5 years from 2008 and ended in 2012. The 'Bali Road Map' was adopted in the 13th session of the Conference of Parties to the UNFCCC (COP13) in December 2007 in Bali, Indonesia to reduce greenhouse gases. The Bali Road Map was a negotiation process including the basic directions and objectives of negotiations for the post-2012 system when the Kyoto Protocol would expire. The participants agreed to finalize the Bali Road Map 2 years later in the 15th session of the Conference of Parties to the UNFCCC (COP15) to be held in December 2009 in Copenhagen, Denmark after further discussion.

Under the Bali Road Map, all countries are obliged to reduce greenhouse gases, and even the developing countries are also liable for penalties if they do not reduce their portion of greenhouse gases.

The Bali Road Map also established a fund for reducing economic losses resulting from the reduction of greenhouse gases. The establishment of green money or climate adaptation fund, is aimed at helping developing countries adapt to the ever aggravating climate crises such as drought, storms, sea level rise, etc. It was created to mobilize international financial resources from the developed countries largely responsible for climate change and to support the poor developing countries' mitigation and adaptation plans.

Funding is the most urgent necessity for small and poor island countries such as Kiribati to effectively adapt to climate change. A substantial amount of money is necessary to repair damages caused by sea level rise and construct infrastructures needed in combating climate change. But the Kiribati government which collects fishing license fees from pelagic fishing vessels and also receives royalty cannot afford to do that.

The World Bank predicts that the cost of damages from climate change to developing countries will increase from about 8 billion dollars a year at present, to 400 billion dollars in 2030. The countries least responsible for causing climate change are receiving the most severe damages. For this reason, Tong has emphasized that the island countries in the Pacific are the worst victims, and urged the global community's support through substantial measures such as the Scottish Catholic International Aid Fund.

In this regard, the adaptation fund first discussed in the Bali Road Map was good news for Kiribati on the frontline of climate change. Although late in coming, it had an important significance that the developed countries were showing signs of action on the seriousness of the Pacific island countries at risk of submergence due to sea level rise and agreed to cooperate.

In December 2009, the 15th Conference of the Parties to the UNFCCC (COP15) was held in Copenhagen under the watchful eyes of the people of the world who desired for a solution to climate change. It was of such historic importance to people at the time that it was called 'the most important two weeks in history' culminating in the completion of the Bali Road Map. Through this conference, expectations were high that the specific reduction targets will be designated to developed countries for keeping the increase in global temperatures to within 2 °C relative to pre-industrial levels, the specific actions required by those developing countries, and the method to fund for poor developing countries were to be determined. The countries vulnerable to climate change such as Kiribati, were full of hope to see a new convention on climate change be put in place for replacing the Kyoto Protocol.

However, the climate change conference in Copenhagen ended in failure, as the developed countries argued that the developing countries such as China and India should also take a more active role in reducing greenhouse gases, whereas the developing countries claimed that the developed countries should first take accountability for the greenhouse gases that they had already emitted. The Prime Minister of India, Atal Bihari Vajpayee, vehemently criticized the developed countries for trying to toss the load to developing countries. "The magnitude of our per capita greenhouse gas emissions, are below that of many developed countries. We do not believe that the ethos of democracy can support any norm other than equal per capita rights to global environmental resources." he said.

The failure of the Copenhagen conference came as no surprise to some as it became apparent through leaks that the US, UK, and Denmark were secretly drawing the 'Danish Text' a draft agreement that would hand more power to rich nations and sideline the UN's role in all future climate change negotiations, and abandon the Kyoto protocol. As it was known that the developed countries had secret talks, the developing countries reacted furiously to their irresponsible actions. Resultantly, the negotiations ended in failure as the African group boycotted the meeting. The chief negotiator for Tuvalu said, "I had the feeling of dread that we were on the Titanic and sinking fast."

The result of the Copenhagen conference was gloomy news for Kiribati, whose situation resembled that of the "sinking Titanic." President Tong made a firm decision that he would consolidate with the South Pacific countries to rally for more substantial action. He felt that more aggressive action was necessary to finalize a new convention on climate change for the future of the Earth.

Holding the Tarawa Climate Change Conference

The failure in Copenhagen greatly disappointed Tong more so because he had invested a lot of effort into strengthening consolidations among the climate-vulnerable countries to draw substantial agreements.

President Tong felt that a much stronger appeal had to be made to lead the Copenhagen conference to a success. In November, just one month before the Copenhagen conference, he founded the Climate Vulnerable Forum with President Mohamed Nasheed of the Maldives. At the time, the climate-vulnerable countries had less power to impose accountabililty on the part of major greenhouse gas-emitting countries, but thought that if they collaborated together they may be able to overcome this. In the Maldives,

11 climate-vulnerable countries signed the Bandos Island declaration which urged moral leadership and green economy through voluntary carbon neutrality.

The Climate Vulnerable Forum tried more aggressively to raise awareness of the problems their countries faced. They filed a report which stated that the failure to act on climate change had already costed the world economy 1 trillion 200 billion dollars, or 1.6% of global GDP, and warned that more than 100 million lives could fall victim to climate disasters by 2030. In spite of these efforts, no substantial legally binding agreement was drawn at the Copenhagen conference.

President Tong was deeply distressed by the fact that more than a hundred thousand Kiribati people were still left unprotected while the irresponsible attitudes of developed countries resisted taking substantial action, putting countries like Kiribati, with the world's least carbon-emitting status, at risk of submergence as a result of their excessive carbon emissions.

President Tong decided that he would act more aggressively to prevent the failure of Copenhagen from occurring again at the Cancun conference in Mexico. He would show the participants that there was no time to waist. He thought that the developed countries were showing passive attitudes because they had not experienced climate crisis in their own countries like they did. To change their attitudes, he thought the best way would be to have them see the situations of the South Pacific countries at risk of submergence.

"In November 2010, I held a conference in Kiribati. I invited all the major polluters of the world oceans, and had them meet the victims of the vulnerable countries such as Kiribati, the Marshall Islands, and the Maldives. The developed countries needed to know how much we are afflicted."

"To urge the international community to actively
respond to climate change President Tong invited
leaders of the relevant nations to Kiribati, and
emphasized that there was no time to spare. They could
witness for themselves the reality of Kiribati under the
threat of submergence."

Prior to the conference in Cancun, President Tong held a climate change conference in Kiribati called the Tarawa Climate Change Conference (TCCC) held from 9 to 10 November 2010. The purpose of the conference was to create an environment for multi-party negotiations between climate-vulnerable states and their partners under the auspices of the UNFCCC. The ultimate objective of the TCCC was to reduce the number and intensity of various fault lines between the parties, explore elements of agreement between the parties and thereby to support Kiribati' and other climate-vulnerable countries' contribution to the 16th session of the Conference of the Parties to the UNFCCC (COP16) to be held in Cancun, Mexico. It also aimed at supporting the initiative of Tong of Kiribati to resolve the climate crisis.

When the delegates arrived, President Tong took them to a coastal region which was being submerged shortly before the conference began. They saw the remains of a once affluent town where now they could only see coconut trees sticking out of the seawater. The national delegates could not say a word. When the conference started, it was full of vehement discussions on the measures against climate change.

Fiji's Environment Minister Colonel Samuela Saumatua said that the venue of the conference was ideal, and that he felt an atmosphere he had never experienced in any previous climate change conference. "The spirit of discussion was very helpful, very Pacific." Minister Saumatua said, "And, it's a far cry from Copenhagen. Here, people suggested things, instead of saying you can't have that, they said it may be better to look at it this way. So, that's the spirit of things."

The Tarawa Climate Change Conference bore a successful fruit. The participants agreed on the Ambo Declaration which called for more and

"The Ambo Declaration led its participants to agree to
request for urgent and specific action in order to support
countries facing the climate crisis, and give practical
support to help countries vulnerable to climate change."

immediate action to be undertaken to address the causes and adverse impacts of climate change. Although the 'Ambo Declaration,' named after the village in Kiribati where parliament sits, was slated to be a non-legally binding agreement to present at the 16th session of the Conference of the Parties to the UNFCCC (COP16), it was sufficient to influence the conference in Cancun.

Through the Ambo Declaration, the delegates of the climate-vulnerable countries and some of the major economic powers including China, shared their opinions about the seriousness of climate change and agreed on 18 points for its effective response. Although the US, the UK, and Canada chose not to be part of the declaration by taking observer status, China's participation gave power to the Ambo Declaration.

In the fore part, the Ambo Declaration stated that its purpose was "to call for the cooperation of all the participating states to facilitate the proceeding of negotiations, for protecting the future of the most vulnerable countries on the frontline of climate crisis," and "to establish a basis for immediate response to enhance the resilience and adaptive capacity of developing countries, in particular the most vulnerable small island states, least developed countries, and countries susceptible to drought and desertification." The declaration also expressed "grave concerns over the loss and degradation of biodiversity and its impact on human livelihood and welfare, particularly in the most vulnerable states on the frontline, and also concerns over emissions added by land degradation." Furthermore, it expressed the shared recognition between the parties by stating that we should "support the initiatives to implement the outcomes of the 10th meeting of the Conference of the Parties to the Convention on Biological Diversity (CBD COP 10) for sustainable growth and maintenance of stable biodiversity."

The latter part calls for more immediate and substantial action to be taken by the international community. In particular, it called for "decisions on an 'urgent package' to be agreed at the Cancun conference for concrete and immediate implementation reflecting the common ground of the parties, consistent with the principles and provisions of the Bali Road Map, to assist those in the most vulnerable states on the frontline" that can be of substantial help to the climate-vulnerable countries including Kiribati. Finally, it urged for concrete decisions on how to cope with the climate crisis by "calling on all parties of the UN Framework Convention on Climate Change, to recognize the urgency of the climate crisis, and aim for final agreements to be made in the Cancun conference in line with the Bali Road Map and the Copenhagen Accord."

The greatest achievement of the Ambo Declaration was that it reaffirmed the opinions of the climate-vulnerable countries such as the Pacific small island states by dealing with the sensitive issues that could not have been agreed upon in other international conventions. The most important issue was to stress the necessity of a climate change adaptation fund and the urgency for a solution to the climate crisis.

President Tong felt that the Ambo Declaration could hold an important key in addressing the issue of the crisis faced by climate-vulnerable countries at the conference in Cancun. "What is particularly encouraging is that signatories to the declaration include not only small island countries – the vulnerable countries – but also developed countries in the region including Australia and New Zealand. China's signature is considered a triumph, given that Beijing's position has been one that is very difficult to pin down in terms of the wider negotiations. We expect this declaration to contribute to some positive steps forward in Cancun, Mexico." he said.

One of the important issues raised in the convention was the necessity of adaptation funds. President Tong said that the purpose of the Ambo Declaration was to emphasize the necessity and urgency of adaptation funds, and felt satisfied that they were sufficiently stated in the Ambo Declaration. Although he had not talked about adaptation funds until then, he asserted that the international community cannot avert it any longer and was met with approval by all participants. President Tong was praised for having hosted the successful conference.

AMBO DECLARATION

Kiribati, November 12, 2010

We, Leaders, Ministers and Representatives of Governments participating in the Tarawa Climate Change Conference held on 10th November 2010, recognizing that, climate change is one of the greatest challenges of our time and that there is an urgent need for more and immediate action to be undertaken to address the causes and adverse impacts of climate change, expressed;

1. Alarm at the impacts of the climate change crisis already being felt in our countries threatening the sustainable development and security of our countries, especially the immediate threat to the livelihood and survival of

the most vulnerable States on the frontline, including Small Island States, Least Developed Countries and countries susceptible to drought and desertification;

2. Grave concerns over recent scientific findings on the worsening state of the global climate as a result of human induced climate change, especially the primary impacts such as sea level rise, ocean acidification and extreme weather events and their adverse consequences, threatening the survival of atoll and low lying nations, their people and biodiversity;

3. Acknowledgement that anthropogenic climate change can be mitigated through greater cooperation by Parties to the United Nations Framework Convention on Climate Change (UNFCCC) and through individual and global commitment to achieving deep cuts in current and future emissions levels, and agreed to pursue this vigorously;

4. Ongoing commitment to the principles and provisions of the UNFCCC, the Kyoto Protocol, the Bali Road Map mandate and to building on the political understandings of the Copenhagen Accord.

5. Deep concerns over the slow pace that international negotiations within the UNFCCC is taking to reach legally binding agreements necessary to meet the ultimate objectives of the Convention and call upon all Parties to work together to fast track the pace of these negotiations to safeguard the future of peoples, particularly those in the most vulnerable States in the frontline;

6. Acknowledgement that there are elements of common ground in the

negotiations that can be agreed on to form the basis of action in the immediate term, elements which when implemented will reduce the vulnerability and enhance the resilience and adaptive capacity of developing countries, in particular, the most vulnerable States on the frontline, especially Small Island States, Least Developed Countries and those countries susceptible to drought and desertification.

7. Express concern over loss and degradation of biodiversity and its impact on human livelihood and welfare, in particular, in the most vulnerable States in the frontline, and also concern over the emissions added by land degradation;

8. Recognise the connection between low cost, sustainable adaptation and mitigation options and maintaining a healthy biodiversity and urge all nations to use aspects of biodiversity to increase their climate resilience and pave the way for cost-effective, environmentally friendly and sustainable development especially in the most vulnerable States in the frontline and further support the initiatives to implement the outcomes of CBD COP 10 including the CBD Biodiversity Strategic Plan 2011-2020. We, Therefore Declare our resolve in moving forward with our collective commitment to addressing the causes and impacts of climate change and:

9. Call for decisions on an "urgent package" to be agreed to at the COP 16 for concrete and immediate implementation reflecting the common ground of Parties, consistent with the principles and provisions of the Convention , and the Bali Action Plan, inter alia, to assist those in most vulnerable States on the frontline to respond to the challenges posed by the climate change crisis;

10. Welcome the growing momentum and commitment for substantially increasing resources for climate change financing and call on developed country Parties to make available financial resources that are new and additional, adequate, predictable and sustainable, and on a clear, transparent and grant basis to developing country parties, especially the most vulnerable States on the front line, to meet and address current and projected impacts of climate change;

11. Acknowledge that the new fund to be established under the Convention should be operationalized as soon as possible with efficient and transparent institutional arrangements that ensures improved access, a balanced allocation of resources between adaptation and mitigation and considers the unique circumstances of most vulnerable States in the frontline;

12. Acknowledge that the new fund should provide for developing countries and in particular, the unique circumstances of the most vulnerable States on the frontline to the adverse impacts of climate change;

13. Call on Parties to the UNFCCC to consider the need for establishing an international mechanism responsible for planning, preparation for, and managing climate change related disaster risks in order to minimize and address the environmental and economic costs associated with loss and damage;

14. Urges the developed country Parties to the UNFCCC to support the implementation of country-driven institutional strengthening and concrete

adaptation priorities aimed at reducing vulnerability and building resilience in developing country Parties, in particular, the most vulnerable States on the frontline to the adverse effects of climate change;

15. Support consideration of the development and implementation of strategies and actions directed at protecting people displaced within or across borders as a result of adverse effects arising from climate change extreme events;

16. Call on the developed country Parties to support the implementation of capacity building and transfer of technology priorities of developing country Parties to enhance their ability to contribute to the rapid reduction and mitigation of global emissions and to adapt to the adverse impacts of climate change, and further supported by transfer of environmentally sound technologies on mitigation and adaptation;

17. Call on developed country Parties to give priority support to the capacity building and technology transfer needs and priorities of the most vulnerable States in the frontline due to the urgency of the climate change crisis facing them;

18. Called on all Parties to the UNFCCC, in recognition of the urgency of the climate change crisis, to aim for concrete decisions at COP 16 that will give an explicit mandate for the timely conclusion of negotiations towards a legally binding outcome in line with the Bali Road Map and the political understandings of the Copenhagen Accord;

Adopted in Tarawa, Kiribati, 10 November, 2010

Adopted by:

AUSTRALIA

BRAZIL

CHINA

CUBA

FIJI

JAPAN

KIRIBATI

MALDIVES

REPUBLIC OF THE MARSHALL ISLANDS

NEW ZEALAND

SOLOMON ISLANDS

TONGA

Leading the international community to agreement at the Cancun Conference

There was not much expectations going into the 2010 Cancun conference in terms of substantial agreement on the reduction of greenhouse gases, because of the large gap between the developed countries and the developing countries revealed in the Copenhagen conference. Despite it all, it ended in a grand success with 193 countries signing the final agreement.

First, the participants pledged that they would immediately act to significantly reduce their emissions in order to keep the global average temperature from going above 2 °C relative to pre Industrial levels, and for this they would cooperate in the long term even after the Kyoto Protocol expires in 2012. Furthermore, recognizing the need to take urgent action to meet the long-term goal of holding the rise in global average temperatures to within 1.5 °C, they agreed to reduce greenhouse gas emissions by 80% by 2050 and to work out a plan on enhancing mitigation by the Durban conference (COP17) to be held in 2011.

The pledges of greenhouse gas reduction agreed upon in the Cancun Conference are divided into the reduction by both developed and developing countries. The developed countries are obliged to set their quantitative reduction goals relative to their situations and implement them in measurable, reportable and verifiable manners. And the developing countries are obliged to enhance their mitigation actions by setting their own goals and taking measurable, reportable and verifiable actions for reducing emissions in consideration of sustainable development, under technical and financial supports.

In the 2009 COP15 in Copenhagen, the pledge of reductions by the developed countries was only a recommendation. But in the 2010 Cancun conference, the pledges of reductions by various countries were officialized in the UN documents and they were legally obliged to take action. They accepted the scientists' recommendation that the greenhouse gas emissions should be reduced by 25-40% below the 1990 level within 10 years, and the commitments agreed upon in the Nationally Appropriate Mitigation Action (NAMA) by which the developed and developing countries take different nationally appropriate action on the basis of equity and in accordance with common but differentiated responsibilities and respective capabilities to that of the 2020 BAU (Business As Usual) emissions projections.

The most important achievement of the Cancun conference was the establishment of the Green Climate Fund. It was analyzed that the reason why the funding could be agreed under low expectations, was because of

The Tarawa Climate Change Conference had a significant impact on the leaders of participating states which led the Cancun Conference to reach an agreement. At the Cancun Conference, the international community agreed to jointly cooperate to support counties most vulnerable to climate change."

the impact of the Tarawa Climate Change Conference. President Tong's appeal had moved the international community.

According to the agreement in the Cancun conference, the developed countries decided to establish 30 billion dollars in the short-term period of 2010-2012, for supporting the action plans of developing countries vulnerable to climate change, including protection of forests and transfer of clean energy technology, and to establish 100 billion dollars annually in the short-term period of 2013-2020. The fund was to be governed by a board of 24 members, 12 from developed countries and 12 from developing countries. It was entrusted to the World Bank for the first 3 years and the Green Climate Fund was to be designed by the Transitional Committee which was to submit a report to the Durban conference (COP17).

Later, the Green Climate Fund was established as an international organization under the UN for assisting the developing countries in greenhouse gas emission and adaptation to climate change. It has a significant meaning in that the international community agreed on a substantial measure to cooperate to overcome the vulnerability of the developing countries to climate change.

In addition, the introduction of the Cancun Adaptation Framework for supporting adaptation to climate change was agreed in the Cancun conference. The basic concept of the framework was to establish a committee to enhance the climate change adaptation capabilities of developing countries to the level of local governments. The committee was to cooperate to avoid negative social and economic consequences that may occur as a result of response measures and to provide a forum for this purpose. The participants agreed to enhance the risk managing and reducing capabilities for supporting the developing countries, such as finance, technology, risk sharing, insurance, etc., and in particular to cooperate internationally with the climate change-vulnerable developing countries such as the least developed countries and small island countries in their adaptation measures.

They also agreed on the transfer of technology for response to climate change. They agreed to establish the Technology Mechanism which consisted of the Climate Technology Center and Network that would act as a hub for local technology development and be managed and supervised by the Technology Executive Committee.

The technology transfer will be achieved through a global network for supporting various projects and innovations rather than through direct transfer of technology. The participants agreed to get rid of the barriers to technology transfer and cooperate for the distribution and R&D efforts of environment-friendly technologies to enhance the capabilities of developing countries at national and regional levels.

In addition, they agreed to protect rain forests with financial rewards from the developed countries. The emission of greenhouse gases due to deforestation accounts for about 15% of the total global emissions. This agreement is meaningful in that it has become possible to protect the rain forests in the developing countries such as Brazil, Congo, Indonesia, etc. with the support from the developed countries.

Many researchers credit President Tong's hidden efforts for making the agreement on the substantial measures against climate change in the Cancun conference possible. The successful climate change conference in Tarawa resulted in a positive international atmosphere for disclosing the position of the climate-vulnerable countries such as small island states in the Pacific.

Although there remains a long way to go even after the Cancun conference, it is evaluated that the Cancun conference was successful in deriving substantial agreements than the Copenhagen Conference and the parties including China showed change in attitudes, and made agreement between the developed countries and the developing countries on key issues such as the measuring, reporting, and verifying of greenhouse gas reduction possible.

Pursuing Migration With Dignity

The Intergovernmental Panel on Climate Change (IPCC) predicts that despite the efforts for substantial reduction and mitigation of greenhouse gas emissions, the greenhouse gases already present in the atmosphere will continue the current tendency of climate change. This means that low-lying countries such as Kiribati are on the frontline of disasters caused by climate change and the situation will become worse.

President Tong is keen on this situation. Kiribati has already lost two of its 33 islets underwater due to the rising sea level. In addition, most of the islands except for the regions around the capital city of Tarawa are turning into uninhabitable land where no crops can be cultivated because of intruding seawater. He undersood that Kiribati was under an irrevocably disastrous situation and sought for various practical ways for protecting his people.

President Tong didn't want the Kiribati people to become climate refugees. He was worried that they might become refugees without dignity and rights as human beings. He also felt there was still an opportunity and time to do something about it. President Tong stressed that the crisis was not because of the inability or idleness of the Kiribati people but because of the difficulties at the global level to reach agreements. He thought that their mother country could be given up if it was inevitable but the dignity of their people could not.

He gave the first priority to his people. He thought that the most important duty of a president was to protect and serve his people. "I want to keep my people's 'dignity.' I want them to be treated as 'human beings' and not 'refugees'." he says.

The method that President Tong selected was Migration With Dignity because the strategies to combat against climate change and remain in the islands were extremely limited. Although the government was building embankments to protect the shore, it was not enough to prevent damages. National resources were insufficient to protect the private properties, and moving to higher inland areas was impossible because there were no higher ground to move to.

The Migration With Dignity refers to a systematic preparation for his people whereby they are trained with skills so that they can be welcomed as dignified immigrants. If they have the skills that can be applied in the societies they migrate to, they will be accepted as worthy citizens who contribute to those societies. President Tong says Migration With Dignity is necessary because, "Wherever they decide to go, they will never be a burden to the society. They will become worthwhile citizens with dignity,

"President Tong does not want his nation's citizens
becoming climate refugees, thereby losing their dignity
and living a disadvantaged life. In preparation for the
possibility of submergence, he sought out in search of a
way to migrate his people to safer ground with their
dignity intact."

not second-class citizens who want special treatment. I want them to be comfortable and proud wherever they go. I don't want them to lose dignity regardless of whatever situation they face."

He decided to prepare a relocation strategy to prepare for the worst scenario in the long term, even though he knew that it would be long after his tenure as President when it would be implemented. A long-term preparation was necessary because it would be impossible for the over 100,000 Kiribati people to migrate if a big disaster were to hit Kiribati suddenly unless they already had a plan in place. So he took it upon himself as the President to prepare for the worst case scenario, in hopes that it may relieve some of the stress and fear of the Kiribati people who will have to face relocation some time in the near future.

First, President Tong prepared land to migrate to in anticipation of his country becoming uninhabitable. He bought 24.28 million square meters of land in Vanua Levu, Fiji to secure food and a place to live for his people. The place is near from Rabi and Kioa Islands. A few years ago, people from a fellow Pacific island country had already resettled in Rabi. They also migrated to Kioa and established a community there. The Fiji government was supportive of them. In Rabi, there is a high school and three primary schools which are operated by Kiribati immigrants. The Vice-Minister of Education in Fiji is very optimistic about the situation. "Recently, I visited Rabi. Although the infrastructure and utilities still need improvement, the immigrants were satisfied that the safety of their community was secured and their culture was prospering. The educational system is getting better too. We are doing our best to help Rabi and the people there live together with loved ones and receive proper education in their community." he said.

President Tong visited Fiji after buying land there, and explained in a radio program that the immigration of the Kiribati people will begin from a small number of trained and skillful workforce. He explained the immigration plan, "We don't want 100,000 people from Kiribati coming to Fiji in one go. They need to find employment, not as refugees but as worthwhile citizens with skills to offer, people who have a place in the community."

He plans to buy more land in the future. The cost to buy good land nearby is expected to increase as there becomes less to go by due to the sea level rise. So, he plans to buy safe land in the forests and fields before that happens.

But, the Kiribati people do not want to migrate elsewhere. Although they fear submergence, they don't want to imagine having to leave the country where their ancestors have lived and migrating to the woodland of other countries. President Tong, who loves Kiribati more than anyone, well understands their feelings.

"I'm not telling them to migrate right now. I'm preparing for the time when relocation is inevitable. Buying land is like buying insurance for the Kiribati people. I don't like to imagine it, but a tsunami or a tidal wave can easily submerge the whole Kiribati islands underwater as it did to Phi Phi Island in Phuket, Thailand. It'll be too late to take any measures if that happens. So I want to secure safe land to migrate to in advance."

In 2004, a strong earthquake with a magnitude of 9.3 occurred off the coast of Aceh province in Sumatra, Indonesia. Due to the powerful tidal waves that followed, a total of 230,000 people were killed in the countries around the Indian Ocean, including 8,200 people in Thailand. Phi Phi Island was one the world's most famous vacation spots with beautiful natural scenery where movies such as 'The Beach,' 'Cutthroat Island' and 007's 'The Man with the Golden Gun' were filmed. But the Indian Ocean tsunami of December 26, 2004, devastated the island as nearly all of its infrastructure was destroyed and a majority of its residents killed.

Although the disaster happened in the Indian Ocean, it was too fond an event for President Tong to feel it couldn't happen to his own country. The sea level of Kiribati was rising more and more and it was very possible for a tidal wave to occur without notice. Also in terms of economy, buying land can be a much less risky investment in the long term. Therefore, he is considering buying more land from Australia or New Zealand.

The second strategy for Migration With Dignity is to provide vocational training. The Kiribati people have made a living fishing in the sea. If they migrate to other countries, they may find themselves as refugees because they lack the ability to support themselves in their new environment.

For this, he systemized a vocational education policy to provide the Kiribati people with job skills that will equip them with more competitiveness and marketability. It granted the Kiribati people the opportunity to receive various job training and language skills so that they could be accepted as worthwhile immigrants with high-quality labor skills that could attract other countries.

President Tong signed on to New Zealand's Recognized Seasonal Employer (RSE) scheme and Australia's Pacific Seasonal Worker Pilot Scheme (PSWPS), which provided seasonal employment opportunities in fruit-picking and horticulture industries. Recently, he established the 'Australia-Pacific Technical College' to help the Pacific people access local and international labor markets by having them attain Australian standard qualifications. In particular, he reached an agreement with Australia to set up a Kiribati-Australia Nurses Initiative, whereby about 80 Kiribati people receive nurse training in Australia every year, with an aim to attain Australian nursing

"President Tong has launched vocational training programs to prepare his people to migrate with dignity to other countries like Australia. He was preparing his people to be well received wherever they decide to migrate to."

qualifications and industry experience.

President Tong also made a deal with New Zealand where they will accept 75 random Kiribatians a year according to the "Pacific Access Category Scheme." But the quota has never been filled since the scheme was implemented, because the Kiribati people do not want to leave their mother country.

President Tong wants the young people of Kiribati to actively participate in these migration programs consistently to prepare for the future of Kiribati. The first sets of migraters are crucial in creating a firm foundation for their labor force to be welcomed with more opportunities for those that will follow later. After such as basis has been settled, it would make it much easier for Kiribatians to migrate with higher esteem and dignity.

Although President Tong is preparing for relocation, he has never given up the sovereignty of Kiribati. He has always been committed to keeping his promise of safeguarding Kiribati, in any form and in any scale. If there still remains a piece of land, then Kiribati will exist. President Tong is trying his best to keep the land of Kiribati from disappearing forever, and although it would be impossible for the land to house all the 100,000 people, a small piece of land should remain to maintain the exclusive economic zone and dominium.

President Tong's dream is to keep the sovereignty of Kiribati intact as a nation and retain the exclusive economic zone because there are valuable marine resources there for future generations to inherit. He says that to prepare for the worst case scenario is his duty as the country's leader. This strategy is evaluated to have greatly contributed to the strengthening of human and social rights of climate refugees.

Giving up self-interests and protecting the ocean environment

In March 2006 President Tong, in partnership with the New England Aquarium and Conservation International, established the world's largest marine protected area at the time with a size of 408,250 km^2 (Phoenix Islands Protected Area : PIPA). The Phoenix Islands are located in the middle of Kiribati. Relatively uncontaminated, PIPA constitutes 11.34% of Kiribati's exclusive economic zone (EEZ). With a size of 408,250 km^2 (157,630 square miles), PIPA was the largest marine protected area (MPA) in the world at the time. Since then, it has served as the catalyst for more countries to follow suit and create their own MPAs in the Pacific, some designating even bigger areas for marine conservation.

Being remote from other parts of the world, this area's rich biodiversity includes an abundance of healthy corals, big sharks, groupers, tuna, giant clams and other marine animals that have been depleted in much of the rest of the world.

The area is also the Earth's last intact oceanic coral archipelago ecosystem. The coral reefs teem with life and the islands serve as stopping grounds for seabirds on their migration route. There are 514 pieces of reef fish including several new species, and five of the eight islands in PIPA are designated as Important Bird Areas (IBAs) by Birdlife International. Today, 19 seabird species breed on the islands and many seabirds including shearwaters and mottled petrels from Australia and New Zealand migrate through PIPA. Another important species is the endangered Phoenix petrel. This area is one of the most perfectly conserved areas on this planet.

The Kiribati people have engaged in sustainable fishing in the Phoenix Islands for centuries as responsible stewards of the ocean. However, with industrialization occurring on the other side of the globe, the ocean became heavily acidified raising its temperature significantly hurting its biodiversity that sustained the lifestyles of the Kiribati people for centuries. Now they are not sure how long they can maintain safe and sustainable lives.

How can the problem of the polluted ocean be solved? President Tong says that no one country can solve climate change on its own. The climate crisis can be solved only when the international community unites as one. President Tong perceives all the people of the Earth are responsible for the climate crisis as we are all members of the same Earth and should cooperate together to solve it. However, since the 1990's and the dawn of the Industrial Revolution, nations of the world have competed against one another for economic advancement while destroying parts of the Earth in the process.

President Tong does not have a strong military force or economic power to influence other countries, and even if he did, he does not believe in getting his way by forcing his opinion onto others. So he wanted to show that economic growth can be achieved without infringing on other's rights or destroying the environment. He wanted to show the world that growth attained by victimizing those around us is not true growth when seen from a global perspective.

He established PIPA to send this strong message to the international community. For the Kiribati economy which is largely dependent on fisheries, it was not an easy decision. There were strong oppositions internally from the people engaged in fisheries. But President Tong wanted to show that a self-sacrificial mind-set was necessary to overcome this global catastrophe. Thus he elected to forego economic interests to conserve Kiribati's ocean for future generations. He made the self-sacrificing decision to encourage the international community to address the issue and take part in the protection of the Earth's resources.

He recollected, "The designation of PIPA was to encourage other countries to follow our example to protect the sea. We must instill in our consciousness the concept of conservation. Although we didn't have the capacity, I wanted to show them something must be done. We decided to sacrifice ourselves to encourage the international community that they too could make a difference if they just chose to care enough about the world."

In 2008, President Tong extended PIPA and declared 150,000 square miles (390,000 km^2) of the Phoenix Islands marine protected area as "a fully protected marine park, making it off limits to fishing and other extractive uses." Later, the Phoenix Islands Protected Area was designated as a United Nations World Heritage Site. In January 30, 2009, the Republic

PACIFIC
OCEANSCAPE

"The Pacific Oceanscape is a promise to protect the
Earth for future generations, by participating
nations as responsible stewards in cooperation with the
nations of the world."

of Kiribati submitted an application for PIPA's consideration on the United Nations Educational, Scientific and Cultural Organization's (UNESCO) World Heritage List. This was the first nomination submitted by Kiribati since they ratified the Convention in 2000. On August 1, 2010, at the 34th World Heritage Committee in Brasilia, Brazil, the decision was made to inscribe PIPA onto the World Heritage List. PIPA became the largest and deepest World Heritage site in the world. President Tong said that PIPA was intended as "a significant contribution to the world community in the hope they would also act."

This area is the world's largest marine protected area and includes important marine habitats of species that do not exist in any other parts of the world. In 2009, President Tong announced the Pacific Oceanscape concept designed to protect large ocean areas, inclusive of island, coastal, open sea and deep sea habitats.

President Tong presented the unprecedented concept of the Pacific Oceanscape covering nearly 40 million square kilometers of ocean to be maintained sustainably in cooperation with all other Pacific island nations. The Pacific Oceanscape designed with the support of Conservation International (CI) was presented at the Pacific Islands Forum in 2009 by Kiribati. One year later, it was unanimously endorsed by the governments of the 15 participating nations in the Pacific.

Although most of the participating countries are small island states, they are massive ocean nations because of their extensive exclusive economic zones (EEZs). For Kiribati, the ratio of its EEZ to its land mass is as much as 4,890:1. Together, the nations of the Pacific Oceanscape control some 10% of the world's ocean surface – an area four times the size of the United States, and is also the very target of the UN SDG14 (14th agenda of the

United Nations Sustainable Development Goals) target for post-2015. The area is home to the world's largest remaining stock of tuna, and is economically important providing nearly half of the global tuna catch. The area is also ecologically sensitive, putting nations like Kiribati, already feeling the effects of rising sea levels, in danger of other climate change phenomena.

PIPA also set the standard for the formal establishment of marine protected areas within the scope of the Pacific Oceanscape. In 2011, the Cook Islands followed Kiribati's lead with a commitment to declare the Cook Islands Marine Park, which would be the country's enduring contribution to the Pacific Oceanscape. Presently being designed in consultation with Conservation International (CI) and other partners, the more than 1 million square-kilometer marine park – comprising half of Cook Islands' total ocean territory – was endorsed by the government in 2012. Coming just two months after Australia's commitment of 25 million dollars in Oceanscape funding, it is yet another sign that the momentum and political will behind the Pacific Oceanscape continues to grow.

More recently in June 2014, President Tong announced that effective December 31, 2014, PIPA will be closed off to all fishing with the small exception of one island that relies on subsistence fishing to meet local needs. The closure will be a globally important test case for the conservational management of tuna and other oceanic resources.

In his 34 years as a marine biologist and conservationist, Dr. Greg Stone, CI's senior vice president and chief ocean scientist, has never seen a more innovative and ambitious marine initiative. "The Pacific Oceanscape is a watershed moment. Because we've now taken a big chunk of our largest ocean on the Earth and said, we're going to manage this sustainably. We're going to manage this in a fashion that will increase humanity's well-being in this area." he said.

To the Pacific Oceanscape commissioner Tuiloma Neroni Slade, the sweeping vision of the initiative is grounded in pragmatism. "It's a pledge to ourselves to safeguard our home." It is increasingly clear that the nations in the Pacific Oceanscape are working hard to safeguard a home for all of us through their most generous gift to the world.

It is estimated that by closing the entire PIPA area to protect and maintain the abundant marine ecosystem, Kiribati will see an economic loss of roughly 4 million dollars a year. For Kiribati, which relied on foreign fishing charges for 40% of its national budget, the decision to go forward was not an easy choice, but President Tong made the important moral decision for the future of the people of Kiribati, the Pacific, and the world.

To relieve the worry of the Kiribati people, the Kiribati government has deliberated on a funding model in consultation with Conservation International (CI) and the New England Aquarium. They established under the laws of Kiribati the not-for-profit 'PIPA Trust' and agreed that PIPA would be managed according to the 'conservation contract' signed between the 'PIPA Trust' and the Kiribati government. The PIPA Trust is governed by the board of directors appointed by the government of Kiribati, the New England Aquarium and Conservation International.

The core of the conservation contract agreement is that Kiribati will be funded by the PIPA Trust conditional on its obligation to ensure the long-term protection of the terrestrial, coral and oceanic natural resources as well as any cultural resources within PIPA.

The PIPA Trust's most important function is its PIPA Trust Endowment Fund (PTEF), which will be capitalized by private and public contributions.

The disbursement of funds by the PIPA Trust to the government will go to cover the annual costs associated with managing PIPA and payments to the government for ensuring that exploitation of PIPA remains limited or completely prohibited. The funds of the Trust (PTEF) will be professionally managed by a private third party.

The purpose of the disbursement to Kiribati is to ensure that Kiribati can maintain PIPA for future generations without being affected in the country's expenditure on health, education and social welfare. The long-term goal of President Tong is to use PIPA as a platform for appropriate ecotourism and research that will produce additional values and employment opportunities in Kiribati. His dreams of a happy future for Kiribati and the world, is taking shape.

Addressing the issue of climate peace

President Tong received many awards for his contribution to raising awareness about climate change and marine protection. In 2008, he was presented with the David B. Stone Award from the New England Aquarium in recognition of his leadership in establishing the Phoenix Islands Protected Area.

In 2009, he received two medals from the Republic of China (Taiwan), one from the President of Taiwan called the Order of Brilliant Jade with Grand Cordon (Taiwan's highest order of decoration for non-military officials) and another from the Speaker of the Legislative Yuan called the Medal of Honor in recognition of his contribution to promoting exchanges between lawmakers of the two countries.

In 2012, he was awarded with the Peter Benchley Ocean Award from the Blue Frontier Campaign for Excellence in National Stewardship of the Ocean, and later that year was also awarded with an honorary doctorate degree (Ph. D) in engineering from the Pukyong National University (Korea) in recognition of his contributions to maritime affairs and nature conservation.

In February 2013, he was presented with the 2012 Hillary Award for Leadership in 'Climate Equity' from the Hillary Institute of International Leadership. They selected President Tong as the fourth Hillary Award laureate and the first laureate in 'Climate Equity', which is the institute's leadership focus until 2015.

The institute's chairman, David Caygill said, "No nation symbolizes more dramatically than Kiribati both the impact of climate change and the inequality of that impact on different nations. President Tong has been tireless in his efforts to draw these concerns to the attention of the world. We hope this award assists his endeavors."

The Hillary Summit's governor and the Intergovernmental Panel on Climate Change (IPCC) chair, Dr. Rajendra Pachauri added, "I am truly delighted at the selection of President Tong. I cannot think of a more deserving person for this recognition and honor."

Accepting the Hillary Award, President Tong said, "I am most delighted and honored to have been considered as the recipient of this award on behalf of the people of Kiribati and others similarly affected by climate change."

After the awarding of the Hillary Award, President Tong was praised for his achievements and promoted for the candidacy of the Nobel Peace Prize. The "Committee to Promote the Candidacy of Anote Tong for the Nobel Peace Prize" was independently launched in hopes that the world would heed the call to consider the human rights of the people who are at

President Tong received the first 2013
illary award for climate equity. He was
ommitted to building awareness
mong the international community."

significant risk due to climate change.

For the Kiribati people, climate change is a threat not only to infrastructure, health, safety and the future of their country, but also to the very existence of their culture. President Tong, the leader of an island nation among many island nations in the Pacific most vulnerable to climate change, has long called for the international community to act aggressively to cope with the threats and impacts of climate change.

In addition, since his election in 2003 President Tong has shouldered much of the leadership role to carry the voice of the small island developing states into the global debate on climate change action. Among international leaders, President Tong has been one of the most compelling voices in bringing to the world's attention the effects of climate change as the ultimate challenge to human security. He has made plain that climate justice is central to the quest for peace and global security in the 21st century.

"The Committee to Promote the Candidacy of Anote Tong for the Nobel Peace Prize" says he is a clarion call to the world to act decisively to curb the impact of climate change on vulnerable peoples, and his courageous leadership makes him worthy of the Nobel Peace Prize and the international recognition that comes with it. Through the campaign, the Committee is calling for the international community to listen to the voices of the Pacific people appealing for the imminent and important global actions to be taken on climate change.

Among low-lying island countries, Tuvalu, the Marshall Islands, the Maldives, and Kiribati are substantially threatened by climate change for their security and survival. Given the expected sea level rise, the people of the low-lying island countries feel pessimistic. There are many issues to be solved, including the sovereignty and the rights to the exclusive economic

"To protect the smiles of the children of Kiribati,
President Tong urged the international community to
hold each other accountable. As the representative of all
vulnerable states to climate change, his leadership has
made a lasting impact on the world."

zone of the submerging countries. For this, substantial discussion has to be made because they are important issues significantly influencing the designation of marine protected areas and fisheries.

President Tong emphasizes that those discussions must be based on love for humanity. He does not ask the developed countries to give up their convenient lifestyles. Instead, he stresses that just a little adjustment, such as turning off the lights when not in use can be helpful. Furthermore, he stresses that the climate crisis is all our problem and the international community should cooperate with each other to overcome it.

As he prepares to complete his third term in office, President Tong is preparing for the Paris conference to be held in December 2015. The 21st Conference of Parties to the UNFCCC (COP21) is expected to be the most important two weeks in history, following the Copenhagen conference in 2009, as a new climate agreement in the post-2020 regime will be reached through this conference. In COP21, the 'new climate regime' wherein both the developed countries and the developing countries will be called to shoulder the load based on the greenhouse gas reduction goals submitted by individual nations, and is slated to take legal force during the conference.

For President Tong, the process of negotiations in the international community thus far has been greatly disappointing. They focused only on the negotiations and could not reach a specific solution. And the negotiations resided on negotiating what to get and what to give.

President Tong thinks that we should recognize what already occurred and address the climate change in a complementary way. He says we need to recognize ourselves as global citizens and not members of different nations. Beyond what is right and wrong, the response to the climate crisis will determine the future of our only planet.

"Do we really intend to solve this problem?" Despite the slow pace of the conferences, President Tong believes that there was progress made in the Cancun conference in 2010 from the Copenhagen conference in 2009. There, a substantial common ground was formed among the participants. Also, he views all human beings as having a pure and innate sense of morality. He expects in particular that the US and China, among other nations, will follow through and implement their commitments.

President Tong puts importance on the implementation of commitments made. In terms of the future of the countries on the frontline of climate change such as Kiribati, the level of greenhouse gas emissions or the control of temperature rise that will be agreed upon in Paris is of no importance. Because the effect of climate change is already at a point where it is only a matter of time until Kiribati is submerged by the sea, President Tong asserts that a more assertive response is necessary.

He claims that an emergency aid system to address the problems of the climate-vulnerable countries is necessary and calls for consideration of the impacts on the people on the frontlines. He sees that the problem of climate change is the basic obligation of the UN for ensuring world peace and security and the moral challenge of humanity. As a representative of climate-vulnerable countries, he calls for the responsible actions of the international community and endeavors to achieve climate peace.

CLIMATE PEACE
A n o t e
TONG

Sunhak Peace Prize 2015 acceptance speech[1]

Seoul, Korea / August 28, 2015

1) This speech was given by His Excellency Anote Tong, President of Kiribati, in commemoration of accepting his award as the first laureate at the inaugural Sunhak Peace Prize Ceremony held on August 28, 2015 at the InterContinental Seoul Parnas Hotel in South Korea.

Dr. Hak Ja Han Moon

Dr. Il Sik Hong

The Speaker of the National Assembly of the Republic of Korea, together with distinguished Excellencies and delegates who are present here this morning President and members of the Universal Peace Federation, and of course distinguished members of the Sunhak Peace Prize Committee,

my colleague and co-recipient of the award, Dr. Modadugu Gupta

and of course my wife, who is here to join me on this occasion Friends

Ladies and gentlemen

As is customary in my tradition, allow me to share with you our Kiribati traditional blessings of 'Kam na bane ni Mauri' meaning 'May you all be blessed.'

I wish to begin by taking a moment to pay very special tribute to the late Rev. Sun Myung Moon and to Dr. Hak Ja Han Moon for their life-long mission and work, with this underpinned by the ultimate goal of achieving global peace for all. Indeed had the global community embraced these visions of promoting reconciliation, coexistence and cooperation, the world would certainly be a much better place and a more peaceful place today.

I also wish to congratulate Dr. hak Ja Han Moon together with the Chairman and the members of the Committee for this inaugural Sunhak Peace Prize Award Ceremony, an initiative of immense international significance in order to continue Rev. Moon's legacy of "One family under God." For my part, I am truly hored to be a co-recipient of this inaugural award, the Sunhak Peace Prize for 2015.

For the last twelve years have been for me one with a lot of challenges, starting from when my people elected me in 2003 to guide them towards a safe, secure and prosperous future. Upon accepting that honor, I also accepted the responsibility that came with it, one of which is to ensure that their voices, their issues would be heard, especially within the international arena. In receiving this most prestigious award, it is indeed my fervent hope that it will lend greater force to the urgency of the message which I have over the years been trying to communicate to the global community, about this existential threat posted by climate change to the survival of future generations of my people, and those in similar situations.

Climate change affects all of us in varying degrees of severity, but for my people and all those who live on low-lying atoll islands, we are at the frontline of this global calamity, with the very real possibility that our islands, our livelihoods, our homes, our identity as a people and as a culture may indeed cease to exist well within this century.

As leaders, we all have a duty to protect and safeguard thos people for whom we are responsible. As parents and grandparents, it is only natural, and instinctive that we would do so with our lives if necessary, for those who rely on us for their security. And I do believe it is the moral obligation of all humanity to ensure that all future generations be guaranteed a safe and secure future.

Ladies and gentlemen, it is against this background that I honour and acknowledge the most notable contribution of my fellow awardee, Dr. Gupta, whose lifelong work will forever remain an inherent feature of the ongoing work on global food security. It is an honour to be considered alongside a worthy fellow awardee, such as Dr. Gupta.

Let me also take this opportunity to acknowledge the one person who has supported and tolerated me throughout the years, especially in those dire moments of frustration and despair when I felt a deep sense of futility that no one was listening to me. Ladies and gentlemen, I want to acknowledge my wife, Meme. This award is as much for her as it is for all our dozen or so grandchildren, as well as those grandchildren whose voice we have tried to represent over the years. For their sake, let us do what is right for them.

In closing, let me share with you our very traditional blessings of "Te Mauri, Te Raoi, Te Tabomoa " meaning health, peace, and prosperity be upon us all."

Thank you ladies and gentlemen.

President Tong receives the Sunhak Peace Prize medal from founder Dr. Hak Ja Han Moon.

A commemorative picture is being taken after medals
have been awarded during the Sunhak Peace Prize Ceremony.
From left to right – founder Dr. Hak Ja Han Moon,
co-laureates Pres. Anote Tong and Dr. Modadugu Vijay Gupta,
and Committee Chairman Dr. Il Sik Hong.

World Summit 2015 plenary speech[2]

Seoul, Korea / August 28, 2015

2) This speech was given by His Excellency Anote Tong, President of Kiribati, at the "2015 World Summit" international conference held on August 28, 2015 at the InterContinental Seoul Parnas Hotel in South Korea.

Rev. Dr. Hak Ja Han Moon

Sunhak Peace Prize Foundation Chair and Members

Fellow Awardee Dr Modadugu Vijay Gupta

Excellencies

Distinguished Guests

Ladies and Gentlemen

It is indeed an honour to address this auspicious occasion on behalf of the Government and people of Kiribati on whose behalf I convey their warm greetings through our Kiribati traditional blessing of peace and security:

KAM NA BANE NI MAURI!

I wish to begin by expressing my deep appreciation to you Rev. Dr. Hak Ja Han Moon, for your vision that has brought us together today, a vision that embraces the whole of humankind, a vision that promotes and supports global peace. For indeed, peace and security are what we all aspire to for our people, for our children, our grandchildren and their children. I truly believe that the prestigious Sunhak Peace Prize along with this World Summit on Peace will elevate global thinking, and it is my very dear hope, Global action on a challenge that poses the greatest danger to life as we know it now.

Climate Change-the biggest security threat facing mankind
Ladies and Gentlemen
The journey that I have taken to advocate on behalf of my people against the biggest security threat facing not only my people, but the world as a whole, has not been without challenges.

I remember very clearly during my earlier campaigns on the subject of climate change. Those more than 10 years past, were ones that required a lot of inner strength, a lot of patience and a lot of conviction that there is human compassion, there is human kindness and human feelings for our fellow human being. For those of you who have just seen me in person now, you would not have known, but I used to have black hair – now I hope the grey hairs that I have accumulated over these last 12 years, will not have been for naught.

I was asked or more to the point admonished, whether I was a Scientist and where the data was, the scientific formula that would back up my belief that climate change was indeed happening. I answered simply, that I was not a scientist, but that I felt for my people and more importantly I experienced with my people what was happening, the impacts on our livelihood, the impacts on our homes.

Science in those days was as sceptical as the rest of the world.

Ladies and Gentlemen

My people, living on low lying atoll islands no higher than 3 meters above the sea level, face a very uncertain future, with the very real possibility of loss of life as they know it now, the very real possibility of loss of their identity as a people and as a culture within this century.

We recently concluded our Parliament session, and during that time the bulk of the requests from communities across the nation was on what we as a Government can do to compensate for loss of food crops, loss of land, loss of drinking water.

We have been experiencing increasingly high tides, occurring with greater frequency which have also been accompanied with strong winds. Any high tide coupled with strong winds wrecks havocs to our islands, our homes, our villages. Food crops have been destroyed and the fresh water lens (our communities' source of drinking water) contaminated by the intruding sea water.

As a government we are constantly being swamped with requests for assistance from our communities and our people with the cost estimates of damages and reconstruction running into millions of dollars. These costs will definitely escalate in future and will continue to increase pressure on our already limited national resources and redirect them away from ever pressing national priorities. The question which concerns us most deeply is whether we will ever be able to emerge ahead of these escalating challenges or remain forever in the re-building and reactionary phase until such time that our limited resources are fully exhausted and our islands no longer able to sustain and support life as we know it.

Ladies and Gentlemen,

It has been twelve years, and in these last few years, I truly believe that as a global community, we have reached some level of consensus and it is indeed encouraging to note the growing momentum in the level of global acknowledgement to the issue of climate change. At this juncture, I would like to take this opportunity to acknowledge the leadership and hard work of the UN Secretary General Ban Ki Moon, whose efforts have placed Climate Change at the top of the Global Agenda. It is my firm belief that SG Ban Ki Moon's visit to Kiribati, and having experienced first-hand the reality on the ground, the challenges that my people faced against sea level, against the impacts of Climate Change, has motivated him to support my cause for my people and all those on the frontline of climate change.

His Holiness Pope Francis, US President Barack Obama among other world leaders, have joined the ever-increasing voices advocating against Climate Change. Yes there is acknowledgement, and yes there is commitment at the global level to address this issue. What is now required is ACTION - ACTION that will guarantee that the future of our global community and our planet Earth will be secured; ACTION that guarantees that no one will be left behind and most importantly, urgent ACTION to address the security and existential challenges from climate change for the most vulnerable peoples in frontline states.

Ladies and Gentlemen

My people continue to ask me, what is it that they can expect from the global community, will they have a future as an I-Kiribati, will they be able to remain on their homeland, their ancestral land? It is a plea, a cry for help that I cannot ignore nor can I turn my back to.

Can we as leaders return today to our people and be confident enough to say, YES, your existence, your lives are important and we your leaders of the global community have formulated options to ensure that no matter how high the sea rises, no matter how severe the storms get, there are credible technical solutions to raise your islands and your homes and the necessary resources are available to ensure that all will be in place before it is too late.'

Indeed what are the options available for vulnerable countries like Tuvalu, the Maldives, the Marshall Islands, Tokelau and Kiribati? In Kiribati we have adopted a strategy that would ensure that the country or parts of it remain above sea level in whatever form into the future. Concepts such as floating islands may no longer be mere concepts, but very real technical solutions to this global dilemma. Also the possibility of raising our islands from their current height to heights above the predicted sea-level rises – again why not? I have had discussions with the Government of Korea, who have indicated their willingness to pilot options, to assess the potential technological solutions for raising our islands.

It is my very strong conviction that in these trying times, extraordinary and unconventional solutions will be key! To forsake those of us at the frontline would be to admit defeat and to allow this planet, our one and only home to perish, without even trying, without even making that additional necessary effort.

Ladies and Gentlemen

The options are not easy, particularly when faced with the very real possibility of a nation, a home that may no longer be able to support life as we know now, within the very near future. Furthermore as a government we have also acknowledged the reality that whatever measures we take to remain above the rising seas and more severe weather conditions they will not be able to accommodate the current level of population. We do not have the resources or the capabilities to be able to do so.

Relocation, however reluctant my people and I are, must therefore be part of our strategy for adaptation and for us this involves the preparation of our people for such a possibility. The possibility that they may need to find a new home, and should they ever need to, they are able to do so on merit as people with dignity and confidence in their new environment.

On the issue of relocation I do want to place on record my people's and my own deep gratitude to the Government and the people of Fiji for their most compassionate offer to accommodate our people if and when the need arises. I am very mindful of the cultural and political sensitivities involved and I wish to assure that these are important considerations that my government respects and takes seriously. We have no immediate plans to migrate en masse, however, I applaud Fiji for rising to the moral challenge, for it is these self-less acts of goodness that are what the World of today needs.

Ladies and Gentlemen

Indeed, it is all about making sacrifices today to ensure a safe and secure future for our children, our grandchildren and their children.

As of January 1st, this year, 2015, Kiribati closed off approximately 11% of its Exclusive Economic Zone (EEZ) from all forms of commercial fishing activities. The area closed is around 400,000 square kilometres out of the more than 8 million square kilometres of Ocean that makes up the whole of Kiribati.

The ultimate closure of the Phoenix Island Protected Area, or PIPA as it is more commonly known was not without its challenges, particularly for a nation that is heavily reliant on the revenues from fishing access to our oceans. It was an initiative that initially did not earn me much popularity domestically, and to this day continues to be a subject of internal debate, however it was one that I personally considered critical for the conservation of a major food source, not only for my people but for the world as a whole.

For us, PIPA is an investment in the future. It is our contribution to humanity and the conservation and preservation of marine life – not only for us, but for the global community and for generations to come. More importantly, it signals our serious commitment to the world as a whole that sacrifices are necessary and can indeed be made to ensure the continued health of our oceans for the common good.

That is the core of what I have been advocating – if there is to be any real and tangible impacts on ground, sacrifices are key.

PIPA, motivated global movement for Ocean Conservation – which whilst encouraging, also raised the very simple question of why as fellow human beings, we are very easily motivated to save the non-human species, yet are very reluctant to save our fellow global citizens.

In my past advocacies and in the face of a great deal of skepticism, I compared my plight with that of the Artic Polar Bears – they face the same challenges as that of my people with the very real possibility that their natural habitat, may no longer exist within our lifetime. The Polar Bears, as is my people and those on the frontline of Climate Change, have a right to a safe and secure future – we all have a right to a safe and secure future.

Ladies and Gentlemen

You may also have heard that I have called for a moratorium on new coal mines and the extension of existing coal mines. Science, as confirmed by the IPCC, dictates that for the world to avoid catastrophic climate change we must leave the vast bulk of carbon reserves in the ground. Very simply, the world needs to burn less coal each year.

It may be a sacrifice for some of us, but as I will continue to advocate, some sacrifices are necessary and can and should be made for the common good, for the better good.

It is my sincere hope that you who are with us today, will add your voice and your support to this call for no more new coal mines and a halt to any further extension to existing coal mines. Should the world as a whole support this call ahead of the upcoming COP 21 in Paris, it could very well determine a very positive and historic outcome in Paris, but more so, it is my very sincere hope that it will catalyse the required resource and action from those with the capacity and capability to do so.

Ladies and Gentlemen

Time is of the essence for those of us at the frontline of Climate Change, for those of us most vulnerable to the impacts of Climate Change.

Indeed, as responsible global citizens of this planet that we share as a home, it is our moral obligation to ensure its preservation. For the sake of Humanity, let us all move forward together.

With these few words allow me to conclude by sharing with you all our traditional Kiribati blessings of Te Mauri, Te Raoi, ao Te Tabomoa. May health peace and prosperity be with us all.

Thank you.

CLIMATE PEACE
A n o t e
TONG

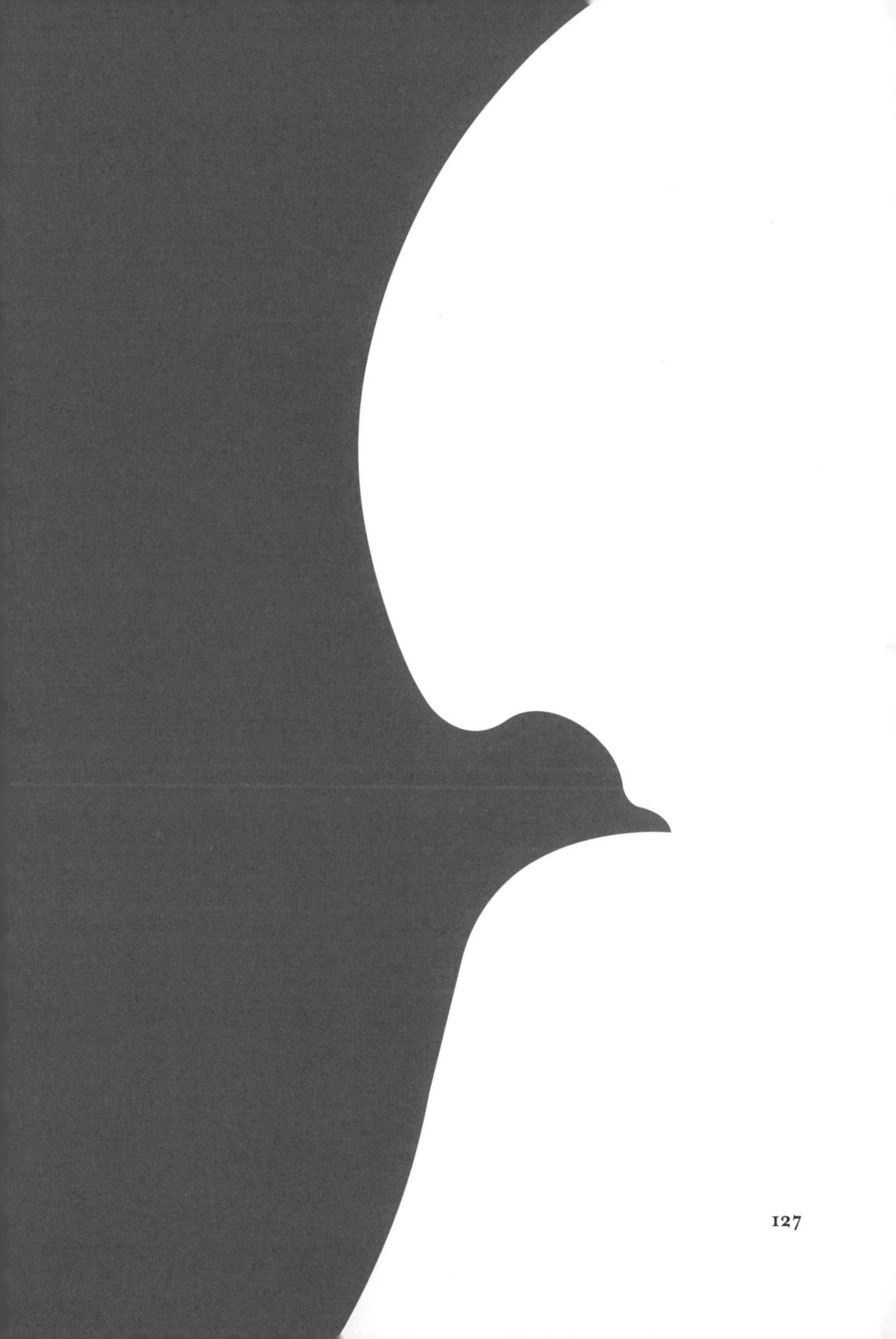

Speech at the 70th Session of the UN General Assembly

New York, U.S.A. / September 28, 2015

Mr. President,

Excellencies,

Secretary-General Ban Ki-Moon,

Distinguished delegates,

Ladies and gentlemen,

It is an honour and a privilege to address this historic 70th Session of the United Nations General Assembly on behalf of the government and people of Kiribati. In Kiribati we begin all formal events such as this by conferring blessings on all. I therefore wish to begin by sharing with you all our traditional Kiribati blessing of: KAM NA BANE NI MAURI...meaning may you all be blessed with peace and security.

Mr. President,

I echo the sentiments conveyed by previous speakers in congratulating you Mr. President, on your elections to preside over the recently concluded historic summit on Sustainable Development and in assuming the Presidency of the 70th session of the General Assembly, the first year of implementing this new development agenda. I assure you, Mr. President, of our full support and cooperation from Kiribati. Let me also take this opportunity to acknowledge with appreciation the commendable leadership of your predecessor, His Excellency Mr. Sam Kutesa, for his stewardship over the past year and for guiding the massive task of shaping the recently adopted new sustainable development agenda.

Mr. President,

I also wish to commend the unwavering commitment and hard work of our Secretary-General, Mr. Ban Ki-moon who has served as an able navigator of our family ship, steering the United Nations through the diverse and complex realities and the myriad of challenges facing our peoples and nations around the world. In particular, I wish to commend his sterling leadership in guiding the development of the new Sustainable Development Agenda recently adopted by the membership and his personal unwavering commitment to focusing global attention on those who are most vulnerable and who are on the frontline of the many major challenges facing us today as a global community.

Mr. President,

We meet at a critical time in the history of multilateralism. The global community has only over the last few days, endorsed a new sustainable development agenda "Transforming our world: the 2030 Agenda for Sustainable Development." We are also celebrating 70 years since the United Nations was established, In two months' time leaders from around the world will meet in Paris for the Climate Summit to finalise an agreement to address climate change.

As we celebrate, we should also reflect and ensure that this premium global body remains responsive to the needs of the most fragile and vulnerable of people in its membership. This is the real litmus test for the organization's relevance.

Mr. President,

If we as a family of nations do not act and do not focus on the challenges of those in the frontline of major challenges, whatever they may be, then we would have failed millions who are looking to the UN to take leadership. I would like to reiterate our deepest appreciation to you, our Secretary-General, for your demonstrated commitment to and leadership in focusing the UN and global attention to the plight of the most needy, to alleviate poverty, to address the Ebola epidemic, to raise the voice and participation of youth and women in development, to end gender based violence, to peace and security, and to climate change.

Mr. President,

The challenges facing us as we gather again in New York for this historic session are perhaps greater than when we did a year ago. Security challenges posed by climate change, conflicts, terrorism, cyber-crime, transnational organised crime, the mass movement of refugees now experienced in Europe, and other looming challenges continue to undermine our efforts as a global family to achieve sustainable development, peace and security for our global community.

If we were to ask what the root causes of these major challenges were, much of the answers to this question can be found in the lack of attention to the goals recently endorsed in the new sustainable development agenda. These goals are not new. Most, if not all are in our national development plans and strategies. What is new is the global call for the international community together, to do things differently to effect transformational changes necessary to achieve prosperous, peaceful, just and equitable societies that will benefit all. This is crucial in an increasingly interdependent world where decisions made and action done in one country will have rippling effects elsewhere in the globe.

Mr. President,

But in adopting the new agenda, we must not leave the unfinished business of the MDGs behind. Many countries including Kiribati have not had a strong score card on the implementation of the MDG, for a reason. We, like all SIDS, face major challenges in our development efforts, which are well documented and which I will not repeat here. These challenges are further compounded by climate change.

Mr. President,

My people live on low lying atoll islands no higher than 3 meters above sea level. With the changes in our climate system, and with sea level rise, our islands are now facing major challenges never faced before in our history. We have experienced climate extremes not only from sea level rise but by disaster events such as Cyclone Pam which hit Vanuatu and other low lying Pacific islands, mine included, earlier this year followed soon after by Typhoons Maysak and Dolphin.

Mr. President,

King tides combined with strong winds, wreaked havoc on our islands, our homes, our villages and our people. What is alarming is the increasing frequency and severity of such events to us. In some parts of the country, whole villages have had to relocate due to severe coastal erosion and flooding. Food crops have been destroyed and the fresh water lens, our major source of drinking water, is increasingly being contaminated by the intruding sea water. Our people are worried as they watch these events grow in intensity. The most vulnerable are the already vulnerable, women, children, the disabled, the sick and the aged.

Mr. President,

All these events have and will continue to put pressure on our already stressed national systems and limited national resources. For us and other low lying atoll countries like Tuvalu, Marshall Islands, Maldives and Tokelau, as well as the millions of people living in coastal areas in the Pacific and around the globe, we have to address the critical and pressing "here and now" challenges from climate change first, before we can even begin to talk of sustainable development or a new development agenda.

Mr. President,

The first real test of our commitment to the new development agenda adopted by the international community will be the Paris Climate Summit. The newly adopted

Sustainable Development Agenda will mean nothing if the Paris Climate Summit in December does not come up with an ambitious legally binding agreement that can address this urgent challenge for those on the frontline of climate change and cannot halt global warming and save humanity.

Mr. President,

For us on the frontline of climate change, the Paris Agreement must include a long term temperature goal to limit global average temperature increase to below 1.5 degrees above pre-industrial levels. It must also include provisions on loss and damages as a stand-alone element that is separate and distinct from adaptation.

Mr. President,

We must all step up our national and collective efforts to mitigate global greenhouse gas emissions. We must urge major greenhouse gas emitters to do their part. Last week, my country, one of the countries with the least emissions, submitted an ambitious iNDC to the UNFCCC Secretariat.

We must call with urgency on our development partners, on philanthropy on private businesses to assist those on the frontline of the climate calamity to deal with the impacts of climate change and sea level rise now being experienced in our countries, and in our efforts to build the resilience and preparedness of our people for an uncertain future.

It is high time we recognize that the new challenges require that we draw on all the resources available to the global community, and accept that sustainable development and global challenges such as climate change should not be confined to the sphere of governments only.

Let us call on those with the ability to assist and who have a contribution to make, to join in the global dialogue and more importantly, join urgent action to address this major challenge.

Let us bring in our youth, our women, civil society, the private sector, churches, universities, traditional institutions, indigenous populations and everyone on board. Let us be inclusive. Let all who have a contribution to make, make it. We welcome the inclusive approach taken in developing the Post 2015 Development Agenda. We also welcome the inclusion of Taiwan in international processes of the World Health Assembly, in the fight against Ebola, and we would like to see similar inclusive approach prevail in respect of other international institutions and UN processes, in implementing the SDGs, in the call for urgent climate action, where Taiwan and all who can participate and contribute meaningfully for the good of humanity must be brought in to do so. All need to be brought in.

Mr. President,

"Business as usual" can no longer be considered to be part of the way forward. Let us not confine ourselves to our comfort zones, our economic arguments and political "taboos." The challenge of climate change is a larger call for humanity. It demands that we must rise above national priorities, and think with a global consciousness. We must think outside the bounds of conventional thinking, outside of the norm because this is an extraordinarily serious challenge which calls for extraordinary and unconventional solutions.

Mr. President

It is most gratifying to note that there is an emerging glimmer of hope; that there is a "shift in the wind" in the dialogue on climate change. We welcome His Holiness, Pope Francis' voice on climate change, we welcome the messages and expressions of commitment from a growing number of quarters, from more capitals around the globe, and from civil society, recognising climate change as posing a major challenge and requiring urgent action. We welcome this most gratifying "shift" as a very positive development in the right direction, that the international community has at last heard our messages and our shared stories of the plight of our people.

But Mr. President,

Hearing our story and recognising that climate change is a major challenge is not enough, we need to act on it with urgency. We may be on the frontline now, but so are the millions of people around the world living in low lying areas who are just as vulnerable. So are the millions of others facing prolonged droughts, higher temperatures, and melting glaciers. For them, sustainable development and the recently adopted new agenda will not mean anything, if the global community does not step up, and step up substantially the efforts to combat climate change.

Mr. President,

We take full responsibility for the future of our people and will do our part. In Kiribati we have adopted a multipronged strategy to ensure the survival of our people. We have bought land offshore. We have looked at floating and artificial islands and options for raising our islands from their current height to maintain heights above the predicted sea-level rises. We have embarked on a major education reform programme with skills upgrading for our people in line with our program of Migration With Dignity.

But we cannot do it alone. It needs to be a collective global effort. We call for new and accessible financial resources to assist the most vulnerable to adapt and build resilience to climate change. We welcome the continued assistance of our partners, including Taiwan, but much much more needs to be done.

Whilst it is commendable that there have been significant pledges for the Green Climate Fund, there remains the challenge of accessibility and the translation of these pledges into what and to where it matters the most. We welcome the assistance by the various agencies with the capacity to provide the needed conduit but it is equally important that such assistance does not get eroded in the process.

Mr. President,

We must have confidence that in adopting the new sustainable development agenda and as we celebrate the 70th Anniversary of this United Family of Nations, no member nation should be left behind, as is the underlying theme. It is simply not sufficient to say and acknowledge that climate change is an existential challenge. It is about our response as the global community and what actions we take as a community of moral human beings.

Mr. President,

I reiterate that the real test of the effectiveness and relevance of the new Sustainable Development Agenda and indeed the relevance of the United Family of Nations as it celebrate its 70th Anniversary, is in ensuring that no-one is left behind. Yet, my people and those on the frontline of climate change, face the real possibility of being left behind.

I therefore call on this 70th Session of the General Assembly to lend its support to the voice of the most vulnerable and call on the international community for an ambitious legally binding agreement that can begin to heal our one shared home and planet.

I also call on this 70th session to join our voice from the front line of climate change to call for the Paris agreement to place a cap global temperature increase to 1.5 degrees above pre-industrial levels. It must also include provisions on loss and damage, and most importantly, a special mechanism to fast track urgent assistance for millions of people around the world who are at the frontline of climate change who need urgent assistance NOW.

Mr. President

Let me conclude by sharing with you all our traditional Kiribati blessings of Te Mauri, Te Raoi, aoTe Tabomoa. May health, peace, and prosperity be with us all.

Thank you.

Appendix.

Speech at the 3rd Monaco Blue Initiative

Yeosu, Korea / June 4, 2012

His Serene Highness Prince Albert II of Monaco

His Excellency President Toribiong

Sung Ho Joo, Korean Vice-Minister of Transport, Agriculture and Maritime Affairs

Members and supporters of the Monaco Blue Initiative

Moderator of the session

Members of the Panel

Distinguished Guests

Ladies and Gentlemen

I extend to you all warm greetings from Kiribati and from the Pacific. KAM NA MAURI.

I am very happy to be part of the Third Edition of the Monaco Blue Initiative to share with you our love of the ocean, our vision, our passion and our experience in ocean conservation relevant to the topic of this session – marine protected areas and fisheries. The objective of the Monaco Blue Initiative to identify the potential synergies between a healthy environment and economic as well as social development around marine protected areas is an important and practical one.

Before I continue, let me express my deep gratitude to His Serene Highness and the organisers of this conference for the invitation to speak at this session. Let me also express my deep appreciation to the people and Government of Korea for the warm hospitality extended to me, my wife and my delegation since our arrival into this beautiful country.

Ladies and gentlemen,

To set the scene, let me briefly share with you some facts about my country, Kiribati. Kiribati consists of 33 very low-lying atolls in the Pacific Ocean straddling the Equator. The atolls are narrow strips of land rising no more than two metres above sea level. They are scattered across five million square kilometres of water. Our EEZ is 3.5 million square kilometres. Our land area is about 810 square kilometres. We may be small in land mass but we truly are a huge nation of water. Our population is over 100,000, half of whom live on South Tarawa, the capital. Our ocean is the source of our livelihood, providing us with about 90 percent of our protein. The ocean is also a major source of our income, both at the individual and national levels. 80 percent of our people make their living through fishing. My Government earns about 40% of its revenue from the sale of fishing licences. While this may seem significant, it is only 5% of the value of our fish. It is the strong desire and aspiration of my Government to maximise returns from this important resource through value-adding. I am happy to say that we are embarking on this path in partnership with some of our partners in the industry.

Ladies and gentlemen,

The resources of our ocean are finite. If we are to continue to live off our ocean in the foreseeable future, we will need to change our unsustainable patterns of consumption and protect this precious resource. This is because the oceans that bind us all are not in good shape. As Ocean communities and custodians of the ocean and its entire ecosystem, we all share the responsibility to safeguard the health, integrity and viability of our ocean for the present and future generations. But there has been so much neglect of the Ocean's health and this is affecting its ability to provide the essential goods and services it has provided us since time immemorial. If nothing is done about this then our future and the future of humanity will be in serious jeopardy.

This is the main reason that has brought all of us together at this conference. We share a common interest and concern over the state of our Ocean and a common resolve to take action to improve its health, integrity and viability for our livelihood and survival. We represent the various sectors of the Ocean community from the public, scientific, academic, economic, and social to the political.

The theme for this edition of the Monaco Blue Initiative "The Living Ocean and Coast" with a particular focus on the integrated management of marine areas is an appropriate and timely one. The health of our world oceans is affected by centuries of unsustainable patterns of consumption in pursuit of economic development. An integrated ecosystem-based approach to marine management is essential to restore the health and vitality of the ocean and its ecosystem for the survival of present and future generations.

Pollution, overfishing, habitat destruction and climate change are the major challenges facing our oceans. We have, in the past conferences, looked at the value of the ocean, our natural capital, and actions required to protecting it and the economically valuable marine species. Now, we have to focus on action. The cost of inaction is catastrophic.

Individually and collectively, the countries in the Pacific are taking action. Let me highlight some of these.

In Kiribati, the Phoenix Islands Protected Area (PIPA) is our contribution to addressing the ocean challenges. PIPA is but one of the many national initiatives found around the Pacific. In 2010 PIPA was inscribed on the World Heritage list making it the largest world heritage site in the world – at least for now. This historic event is a major achievement and victory, not just for Kiribati and partners of PIPA – Conservation International and New England Aquarium – but also for the Pacific and for those who share our passion for the ocean. It is our hope that international resources would be mobilised to assist us in implementing our ocean governance and management programmes.

For those of you who are not very familiar with PIPA let me share with you some facts on PIPA.

In 2006, Kiribati took steps to designate part of its EEZ as a marine protected area. By 2008 the final stages were concluded to allocate an area of over 400,000 sq. km or 11% of Kiribati's EEZ as the Phoenix Islands Protected Area (PIPA). I am sure you would appreciate the challenge in looking after such a vast area and space. The preservation of the Phoenix Islands and the surrounding ocean is our gift to humanity and response to climate change given the role of the ocean in climate regulation. It is our contribution to international biodiversity conservation efforts such as the Aichi target under the Convention on Biological Diversity to increase from one percent of protection of the coastal and marine areas in 2011 to ten percent by 2020 in the form of networks of marine protected areas.

PIPA is unique in the world and globally significant as a natural climate change laboratory providing an opportunity to study the impacts of climate change on tropical marine systems without other impacts.

The designation of PIPA was by no means straight forward as forces both within the country and beyond expressed deep reservations. Our fisheries partners contested the loss of some of their fertile fishing grounds whilst our own people protested over the potential loss of much needed revenue. This is relevant for the session this morning. How can we protect the natural capital in a way that won't compromise our source of revenue that finances our health and education programmes? By closing off the whole of PIPA for the conservation and protection of the area's rich and pristine marine ecosystems, it is estimated that Kiribati will lose approximately US$4 million on average per annum in fishing revenue. This is no mean feat for my country which depends on fishing licence fees for around 40% of its annual recurrent budget. This was a difficult decision but my Government is committed to doing the right thing for the future of its people, the people of the Pacific and the rest of the world.

To address the concern of our people, my Government and our PIPA partners – Conservation International and New England Aquarium – came up with a financing model.

Under this model, PIPA will be managed according to the terms of a Conservation Contract executed between Kiribati and a new statutory trust organization, the PIPA Trust, created under Kiribati law as a non-for-profit corporation. Kiribati has representation on PIPA Trust Board but does not have a controlling interest. The New England Aquarium and Conservation International hold other mandatory Board seats.

The basis of this Conservation Contract arrangement is a unique "reverse fishing license" financing program in which the Government of Kiribati will be reimbursed by the PIPA Trust for the amount that they would have made from selling fishing licenses if PIPA were not protected. This is conditional on the satisfactory performance by the Government of Kiribati on its obligation to ensure the long-term protection of the terrestrial, coral, and oceanic natural resources as well as any cultural resources within the PIPA as defined under the Conservation Contract.

The PIPA Trust will be supported in meeting its financial obligations under the Conservation Contract and its founding Act by the creation of the

PIPA Trust Endowment Fund (PTEF), a fund that will be established with private and public contributions. The PTEF will be capitalized at a level sufficient to generate an income stream to cover the operating and management costs of the Trust, the operating and management costs of the PIPA, and the foregone revenues from fishing associated with the closure or restriction of activities within the PIPA, i.e. the conservation license fee. The funds of the Trust (PTEF) will be professionally managed by a private third party.

The goal of the financing mechanism and conservation payments to Kiribati is to allow Kiribati to create the PIPA for the benefit of future generations of Kiribati citizens and the world without producing negative impacts on current national expenditures for health, education, and social welfare. The long term goal is to use the PIPA as a platform for appropriate ecotourism and research that will produce additional revenues and employment opportunities in Kiribati.

The next step for us is in securing contributions to this Endowment Fund to allow my Government to fulfil the objectives of PIPA. Failure to do this may result in our inability to protect the area and to compensate for loss of revenue. It is our fervent hope therefore that like-minded partners will support us in our efforts.

Ladies and gentlemen,

The designation of PIPA is a very loud statement at the height of the climate change debate to say that indeed sacrifices can be made if there is a will and commitment. Even now, as we confront the possibility that our islands will become uninhabitable within the century due to rising sea levels we recognise the value of protecting something that we firmly believe to be the common heritage of all. As we continue with our unsustainable patterns of consumption of terrestrial resources and as we continue to pollute our atmosphere, it is imperative that we protect and preserve perhaps the last natural capital we have left. This is critical to our survival as a species.

While the inscription of PIPA has involved a lot of collaborative and commendable efforts by Government, Conservation International and New England Aquarium, the main challenge now lies ahead in safeguarding this common heritage of all for the present and future generations. We call on all to partner us in this endeavour and safeguard this precious treasure.

In the Pacific region, the Pacific Oceanscape was endorsed by the Pacific Islands Forum Meeting in 2009. This is an annual Forum of Pacific Leaders, including Australia and New Zealand. In 2010, the Pacific Oceanscape Framework was endorsed at the Pacific Islands Forum Meeting. This is a regional initiative that will promote collaboration and exchanges between marine protected areas in the region and beyond, promote scientific research and exchange on issues such as implications of climate change on the issues of sovereignty and maritime boundaries as well as strengthen the implementation of UNCLOS in the region. The Pacific Oceanscape provides an opportunity to bring all national and regional marine conservation efforts and programmes together under one overarching framework. These efforts and programmes include the Pacific Islands Regional Oceans Programme, the Micronesian Challenge, the Coral Triangle Initiative, fisheries conservation and management efforts such as under the Nauru Agreement and the on-going work of the Forum Fisheries Agency, the Secretariat of the Pacific Community and the Secretariat of the Pacific Regional Environment Programme. We want to take this further beyond our region. There has been a positive signal from bilateral and multilateral partners, including the World Bank's Global Partnership for Ocean.

Ladies and gentlemen,

In response to the challenges posed by climate change, it will be necessary to build the resilience in ocean ecosystems so that marine life has the best chance of adapting to the changes brought about by climate change. Only by doing this can there be some assurance that the oceans, and the millions of people who depend on them directly for their livelihood and well-being, will survive the onslaught of global climate change.

Climate change remains the greatest moral challenge of the 21st Century. For low-lying island communities like Tuvalu, the Marshall Islands, the Maldives and Kiribati, among others, climate change poses the very real issues of security and survival. The prospects for low lying island countries in the face of ever worsening projections of sea level rise continue to be pessimistic. Like I have done on numerous occasions I have no doubt that many of you have also pondered over the unprecedented international legal questions relating to sovereignty and what is to become of the EEZs of eroded coastal areas and submerged nations due to climate change should such scenario come about. This is an important issue that have serious implications on marine protected areas and fisheries. I have never fully resolved these questions but hopefully the Monaco Blue Initiative will be able to address it.

Ladies and gentlemen,

"What kind of legacy and future do we want to leave for our children and their children's children?" I will leave that to guide you in your work within the next few days but let me remind you of our strong connection to our planet, our environment and our ocean. Let us work together in safeguarding our natural capital for the present and future generations.

In closing, I wish you all the best in your important deliberations in the next few days with our Kiribati blessings of Te Mauri (Health) Te Raoi (Peace) ao Te Tabomoa (and Prosperity).

Thank you.

Keynote speech at the 16th session of the Conference of Parties to UNFCCC

Cancun, Mexico / December 8, 2010

Madame President, Excellencies, Executive Secretary of the UNFCCC, Delegates, Ladies and Gentlemen.

At the outset, allow me to thank our gracious host President Filipe Calderon, your Government and the people of Mexico, for hosting this milestone Conference at this critical time for all our peoples. I also want to congratulate you on your election as President of this, the 16th Conference of the Parties and the 6th session of the Conference of the Parties serving as the Meeting of the Parties to the Kyoto Protocol.

Madame President, last year, along with many other leaders, I went to

Copenhagen full of expectations for an outcome which would give hope to our people against the bleak predictions of the 4th AR of the IPCC on Climate Change impacts. Today we have come to Cancun, having learnt to be a lot less optimistic but, hopeful that we come armed with the Copenhagen Accord.

An agreement which Kiribati did not sign in Copenhagen because it fell well short of the conditions needed to ensure the future survival of our people. We did however subsequently associate ourselves with it after being led—or misled—to believe that doing so would trigger the flow of funds, that would be new and additional, needed for urgent adaptation measures. One year has passed since and the generous pledges made then have since remained unavailable to most of us, with yet, still an unbalanced treatment of adaptation and mitigation in spite of our increasingly desperate situation.

Madame President, the projections coming forward from the scientific community does not only confirm that climate change is happening now but further projects, that earlier scenarios of the severe adverse impacts of climate change in particular sea level rise may well have been too conservative. Our experience and those of other low-lying island countries in the Western Pacific certainly indicates that something is seriously wrong when rows of trees and coastlines are progressively being washed away with time. Since I last spoke at the COP15 in Copenhagen one year ago our communities have suffered considerably more damage. The impacts of unusually severe storms and weather related disasters being experienced even today in different regions of the planet clearly indicate the severity and widespread nature of the problem.

Madame President, it is important to note that impacts of climate change may be categorized differently as significant or urgent for different countries. For the most vulnerable countries on the frontline, severe adversities are already being experienced as I have often said in my earlier statements—these include severe erosion, loss of homes and infrastructure, contamination of water supplies and destruction of food crops, impacts which, can ultimately lead to the demise of island states like Kiribati.

The need for urgency is however, not being reflected in the slow pace of negotiations, which have not made real progress since Copenhagen. I do not doubt that much work and resources have been directed to the process, the fruits of which, I hope, will lead to concrete decisions made here in Cancun that will ultimately lead to a legally binding agreement one year from now in Durban.

We should all be aware that the longer we delay in reaching agreement the greater the vulnerability of those on the frontlines of climate change.

Madame President, I, as other representatives of most vulnerable countries that have spoken before me, am disappointed and deeply concerned, that as an international community we continue to focus on negotiating a detailed and comprehensive arrangement which would appease the views of the different groups involved in the process. We all know that such an approach, whilst the most ideal, would probably take the next few years, if not decades, to conclude.

For the most vulnerable among us, time is running out. We demand that attention be centered on the needs of those most vulnerable. As part of Kiribati's effort and attempt to forge consensus on the way forward, to reach agreement on those elements within the current negotiation text to form part of the package that can come out of Cancun, my Government hosted an international conference on climate change—the Tarawa Climate Change Conference—last month, the outcome of which is freely available to those interested.

Madame President, the wide and inclusive participation and opportunity to speak in the Tarawa Climate Change Conference was not an accident. It was deliberately designed to be inclusive as we strongly believe that such dialogue must necessarily involve those on different sides of the climate change debate. It should include all nations, whether developed or developing, a high country or a low country, a rich country or a poor country, a country with billions of people or a country with thousands of people as we all share the same planet.

The dialogue should also include representations and the voice of civil society, churches, women's and more importantly youth groups whose future we are talking about.

We therefore urge that the UNFCCC adopts this inclusive approach and to include Taiwan in this crucial dialogue on saving our planet. It is just as much their home as it is ours and they too have a responsibility to contribute to this global dialogue and action.

Madame President, as clearly articulated in the Ambo declaration, the urgency of the issue; in light of the special circumstances and the particular vulnerability of countries on the frontline of climate change; requires that the package is translated into action in the immediate term in order to ensure the long term viability of those most vulnerable and on the frontline.

We as members of the Climate Vulnerable Forum representing those most vulnerable to the adverse impacts of climate change convened the Tarawa Conference on Climate Change to send a strong signal to the rest of the international community of the urgency our need to respond now and to make decisive commitments now so that any response to the climate change calamity would not be too late for us.

Madame President, as an international community we cannot continue with business as usual, we must work together to respond and act with responsibility; we must listen, take heed of what is happening in these most vulnerable states in the frontline and act accordingly, act with urgency... what is happening in these frontline States concerns all of us... it must be taken as an early warning to the international community and a precursor for what could ultimately be the fate of humanity if further action is delayed. The whole world and in particular the most vulnerable states in the frontline of the climate crisis are looking to Cancun to provide the global leadership needed for urgent action to ensure the survival of humanity—this is a struggle for humanity.

Madame President, we are optimistic that agreement can be reached here at Cancun on urgent assistance to the most vulnerable States in the frontline of the climate change crisis. We call on this Conference for decisions on an "urgent package" for concrete and immediate implementation of action, consistent with the principles and provisions of the Convention, to assist those in most vulnerable States on the frontline to respond to the challenges posed by the climate change crisis.

Madam President, we must go beyond just recognizing the special needs of the most vulnerable States in the frontline of the climate crisis. We must take the responsibility to move beyond the recognition of the special need for urgent action. We must make decisions now that spell out what these urgent actions are.

Madam President, we would all like to go away from this conference with the peace of mind knowing that something has been achieved here in Cancun. I would like to return to the people, in particular the young people in my country with some assurance that as leaders we have agreed here in Cancun on measures to guarantee their future. A commitment to mobilize adaptation funds such as those pledged at Copenhagen which are accessible for the special needs of small and most vulnerable island states.

Mr/Madam Chair, I thank you and I share with you and all delegates to this conference our traditional Kiribati blessings of Te Mauri (health) Te Raoi (peace) ao Te Tabomoa (prosperity) as we deliberate on this greatest responsibility facing our shared home and planet.

Climate Peace ☀ Anote

Contents

발간사

기후평화의 글로벌 리더

기후 변화는 미래 세대가 직면하게 될 가장 심각한 위기입니다. 최근 기후 변화에 관한 정부 간 협의체(Intergovermental Panel on Climate Change: IPCC)의 제5차 평가보고서가 발표되고 온실가스 농도가 위험 수준에 이르렀다고 보고되면서, 인간 활동에 따른 기후 변화는 과학적 '가설'이 아니라 모두가 인정하는 과학적 '사실'이 되었습니다. 이 중차대한 위기의 대응과 적응 방안은 인류 생존과 직결된 필수 과제가 되었고, 탄소 배출권 거래제와 같이 기후 변화 유발 물질을 줄이기 위한 국제적인 활동은 더욱 강화되고 있습니다.

지난 2013년 9월 스웨덴 스톡홀름에서 열린 기후 변화에 관한 정부 간 패널(IPCC)은 기후 시스템 관측 자료나 기후 기록에서 얻은 과학적 분석 결과를 근거로 기후 변화에 대한 새로운 증거를 제시하였습니다. 보고서에서는 지난 수십 년 동안 인류 역사상 전례가 없던 온실가스 농도의 급증, 대기와 해양의 온도 상승, 눈과 빙하의 급감, 해수면 상승이 이루어지고 있다는 재앙 수준의 기후 변화 관측 결과를 제시하였습니다. 전 지구적인 환경 파괴 신호가 감지되고 있지만, 인류는 굼뜬 행보를 보이며 지구의 미래를 바꿀 변화 앞에 무방비 상태입니다.

본 위원회는 기후 위기의 심각성을 국제 사회에 공론화하고, 환태평양 지역의 기후 위기를 해결하기 위해 헌신적인 노력을 해온 아노테 통 키리바시 대통령을 제1회 선학평화상의 수상자로 선정하였습니다. 환태평양 지역은 해수면 상승으로 수몰될 상황에 처한 기후 변화의 최전선이자 해양 자원의 보물 창고인 미래 평화의 기지입니다. 환태평양 지역이 처한 위기 상황을 돌파하기 위해서는 기후 위기의 근본원인인 이산화탄소 배출량을 줄이고 환경을 파괴하는 개발을 조절하는 등 국제사회의 공조와 협력이 필요하지만 각국의 이해관계로 인해 국제사회는 실제적인 행동에 나서지 못하고 있는 상황입니다.

아노테 통 키리바시 대통령은 국제사회가 기후 위기의 심각성을 깨닫고 구체적인 실천에 나설 수 있도록 자국의 기후 위기 상황을 적극적으로 알리는 데 그치지 않고 국제회의를 개최하고 기후 위기를 해결할 수 있는 공동선언의 초석을 제안하는 등 적극적인 리더십을 발휘하였습니다. 또한 자국의 국민들이 미래에 기후 난민으로 살아갈 것을 대비하기 위해 난민의 존엄한 인권을 주장하고 기술 교육을 실시하는 등 평화로운 미래를 준비하고 있습니다. 나아가 미래 인류적 관점에서 자국의 경제적 이익을 포기하면서 자국 연안을 보호구역으로 지정하며 환태평양 지역의 중요성을 인식하게 하였습니다.

선학평화상의 설립자인 고 문선명 총재님은 '전 인류는 한 가족'이라는 평화 비전을 중심 삼고 범인류 공동체 건설에 평생을 바쳐 오신 분입니다. 이 평화 비전은 '인류는 연속적으로 세대에서 세대로 이어지는 한 가족'이라는 매우 기본적인 전제에서 비롯됩니다. 아노테 통 대통령의 기후평화 활동은 현 세대의 이해관계를 뛰어넘어 미래 세대의 평화를 위한 도덕적 결단과 헌신적인 행동이었습니다. 21세기 인류의 평화를 위협하는 주범은 자연의 재해와 각종 질병, 그중에서도 특히 기후 변화와 에너지 고갈 등에서 오는 전 지구적인 환경 재앙입니다. 현 세대가 성장과 발전을 추구하며 무한 경쟁을 하는 동안 인류 공동체의 영원한 삶의 터전인 지구는 심각하게 오염·파괴되었으며, 이제 그 피해를 미래 세대가 고스란히 떠안아야 할 절박한 상황에 처한 것입니다. 이 절박한 위기 앞에서 솔선수범하여 문제 해결을 주도하고 있는 아노테 통 대통령의 기후평화 활동은 인류를 한 가족으로 포용하려는 선학평화상의 웅대한 비전과 맞물려 세계 평화의 새로운 지평을 제시하고 있습니다.

선학평화상 수상을 계기로 아노테 통 대통령의 기후평화 활동이 국제사회에서 더욱 활발하게 이루어질 수 있기를 기대합니다. 아름다운 키리바시의 자연과 아이들의 행복한 미소를 지키기 위해 국제 사회의 협력을 이끌어낸 통 대통령의 호소에 독자 여러분들이 함께 해주시기 바랍니다.

2016. 1
선학평화상위원회

프롤로그
기후가 평화다

기후 변화는 미래에 일어날 문제가 아니라 현재 인류가 직면하고 있는 가장 심각한 위기 중 하나다. 지구온난화로 인한 강수량 변화, 눈과 얼음의 융해로 인한 지구의 수문학적 시스템 변화, 가뭄, 엘니뇨, 기록적인 한파, 더 강력해진 태풍 등 이상기후 현상이 전 세계적으로 나타나고 있다.

국제적십자연맹(IFRC)은 2013년 한 해 동안 자연재해로 숨진 사람이 2만 2천 명에 이른다고 발표하였다. 11월 필리핀을 강타한 태풍 하이엔으로 7,900명이 사망하고, 6월 인도에서 발생한 강한 몬순성 폭우로 인한 홍수로 6,500여 명이 사망한 것으로 나타났다. 영국의 의학 전문지 더 란셋(The Lancet)은 최근 발간한 보고서에서 2100년을 기준으로 전 세계에서 극심한 가뭄의 피해를 입을 사람은 10억 명, 홍수 피해는 20억 명에 이를 것이라는 어두운 전망을 내놓았으며, 재해 감소를 위한 국제전략기구(UNISDR) 역시 세계가 기후 변화에 적극적으로 대응하지 않으면 21세기에 자연재해로 입는 경제적 손실이 최소 25조 달러에 달할 것으로 내다봤다.

기후 변화에 관한 정부 간 협의체(Intergovermental Panel on Climate Change: IPCC)는 인류의 생존을 위협하는 기후 변화의 주된 요인으로 온실가스를 지목하고 있다. 인간의 활동에 의해 발생한 온실가스의 대기 중 농도가 지속적으로 증가하면서 온실효과가 발생해 지구의 표면 온도가 상승하고, 이로 인해 다양한 이상 기후 현상이 빈번히 발생하고 있다. IPCC에 따르면 2000~2030년까지 전 세계 온실가스는 25~90% 증가할 것으로 예상되며, 이에 따라 온난화 현상도 계속될 전망이다.

대기 중 온실가스(이산화탄소, 메탄, 일산화질소 등)는 산업혁명 이래 화석연료의 연소, 무분별한 개발, 산림 파괴 등 인간의 여러 활동에 기인하여 크게

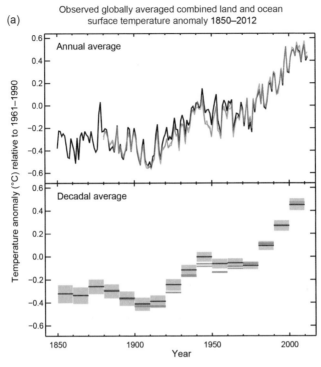

(a) Observed globally averaged combined land and ocean surface temperature anomaly 1850–2012

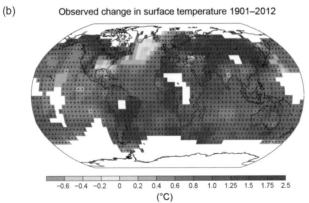

(b) Observed change in surface temperature 1901–2012

표1 : IPCC 지구 온도 변화

증가하였으며, 이 증가 속도는 최근 2만 년 동안 전례가 없을 정도로 심각하다.

지구의 표면 온도는 지난 1880~2012년까지 133년 동안 0.85℃나 상승하였다. 지구의 기온은 최근 30년(1983~2012년) 동안 가장 더웠고, 특히 2000년 들어 첫 10년은 더 더웠던 것으로 나타났다.

높아진 지구의 온도는 그린란드와 남극의 빙상을 빠른 속도로 녹이고 있다. 지난 20년간 그린란드와 남극 빙상의 질량이 감소하였고, 북극해 해빙과 북반구의 봄철 적설 면적도 지속적으로 감소하는 추세다. 전 지구적 빙하의 감소율은 빙상의 주변 빙하를 제외하고, 1971~2009년에는 평균 226Gt yr-1이었으나 1993~2009년에는 275Gt yr-1로 증가하였다. 또한 그린란드 빙상의 평균 감소율은 1992~2001년 34Gt yr-1에서 2002~2011년 215Gt yr-1로 가파르게 높아졌으며, 남극 빙상 역시 평균 감소율이 1992~2001년 30Gt yr-1에서 2002~2011년 147Gt yr-1로 크게 증가하였다. 『유엔미래보고서』는 지구의 온도를 당장 낮추지 않는다면 2020년에 빙하는 불모의 바위만 남겨두고 모두 사라질 것이라고 경고하였다. 실제로 빙하 지형으로 유명한 미국 몬태나 주의 글레이셔 국립공원이 빠르면 2020년에 얼음 없는 공원으로 변할 것으로 전망되고 있다.

지구온난화로 빠르게 녹고 있는 그린란드와 북극, 남극 빙상이 바다로 유입되면서 해수면도 지속적으로 상승 중이다. IPCC의 5차 보고서에 따르면 지구 평균 해수면은 1961~1993년까지 매년 1.8mm씩 상승하였다. 더욱 심각한 것은 해수면 상승률이다. 1901~2010년의 전 지구 해수면 상승률이 1.7(1.5~1.9)mm/yr인 것에 반해 1993~2010년의 상승률은 3.2(2.8~3.6)mm/yr로 약 1.5배 해수면 상승이 가속화되었다는 점이다. 『유엔미래보고

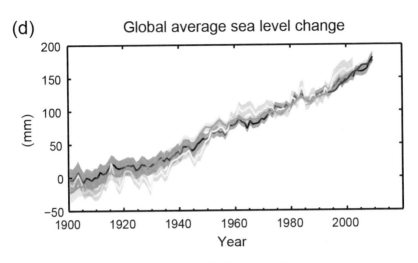

표2 : IPCC 전 지구 평균 해수면 변화

서』는 2080년에 지구는 건조한 기후로 인해 세계 일부 지역이 사막화되는 반면 해수면 상승으로 침수되는 지역도 상당할 것으로 예측하고 있다. 과학자들은 세계 인구의 최대 20%가 홍수 위험이 큰 강 유역에 거주하고 있어 이들의 이주가 국가 주도하에 이루어질 것이라고 보았다. 최대 100만 명이 매년 해수면 상승으로 인한 거주지와 경작지 침수를 겪을 것으로 내다보았다. 또한 인구 밀도가 높은 저지대가 해수면 상승, 열대 폭풍, 재난 재해 등 다양한 위협에 직면하면서 적도지방과 아랍 국가들은 국토를 버리고 이주할 것이며, 해수면 상승으로 해상 도시 및 해상 국가에 거주하는 인구가 최대 5억 명이 될 것으로 전망했다.

　해수면 상승으로 인해 알래스카의 섬 일부도 2020년대에는 수몰할 것으로 예측되고 있다. 국가 전체가 수몰되지는 않더라도 방글라데시, 스리랑카,

인도, 호주 역시 해안가 지역이 수몰 위기에 처해 있다. 기후 변화로 인해 2020년대 중반에 저지대인 갠지스 강 삼각주의 인구 고밀도 지역 역시 수몰될 것으로 전망된다. 이처럼 해수면 상승으로 인한 국토 수몰은 21세기 최악의 환경 위기가 될 것이라고 『유엔미래보고서』는 경고하고 있다.

지구온난화로 인한 이상 기후 현상도 갈수록 두드러지고 있다. 세계의 많은 지역에서 기상이변 발생률이 크게 높아지고 있으며, 극심한 가뭄과 홍수를 유발하는 엘니뇨 현상도 1970년대 중반 이후 그 크기나 발생 빈도 및 지속성이 증가한 것으로 나타나고 있다. 온난화로 인해 지구 대부분의 지역에서 건조 지역과 습윤 지역의 계절 강수량 차이가 커지고 우기와 건기 간의 기온의 차이도 더 벌어질 것으로 예측된다.

온난화는 다양한 기후 재난 이외에도 전체적으로 지구의 기후를 바꿀 것으로 보인다. 『유엔미래보고서』에 따르면 현재의 열대지방인 적도는 사람이 살 수 없는 땅이 되고, 현재의 온대지방이 열대기후에 가까운 날씨를 보일 것으로 예상된다. 이로 인해 사막화와 가뭄이 빈번해지면서 식량 수확량이 불규칙해질 것으로 보인다. IPCC는 기후 변화로 인해 2020년 강우량 감소로 세계 일부 지역에서 농업 생산량이 최대 50%까지 감소하고, 중앙 및 남부 아시아의 농작물 수확량은 최대 30% 줄어든다고 예측하였다. 또한 IPCC는 지구의 온도가 2℃ 오를 경우 건조한 기후가 한층 악화되어 대두, 옥수수, 밀 등의 생산이 절반으로 줄고 다른 농산물의 생산도 급감하게 되어 약 5억 명이 굶주릴 위기에 처하고 최대 6,000만 명이 말라리아에 걸릴 수 있다고 전망했다.

지구온난화로 인한 기후 변화가 인간뿐 아니라 생태계에 미치는 영향이 심각할 것으로 예상되지만 이러한 현상을 완화시키기란 쉽지 않아 보인다.

『유엔미래보고서』는 탄소 배출을 획기적으로 줄이지 않는 한 수십 년 내에 북극의 얼음이 사라져 북극곰 같은 생물이 멸종 위기에 처하게 된다고 경고하고 있다. 지구가 뜨거워지면 차가운 물에 의존해서 살아가는 많은 식물과 동물이 서식지를 잃고 멸종하게 되고, 해양 산성화로 대부분의 산호초가 사라지게 된다. 이로 인해 생물 다양성에 중요한 지역들에 대한 위협이 심각해져 세계의 식물과 척추동물 종들이 멸종할 수 있다.

더욱 심각한 것은 지금 당장 온실가스 배출을 제로로 만든다 하더라도 이미 배출된 이산화탄소의 20% 이상이 1000년 넘게 대기 중에 남아 있어 기후 변화 양상이 수백 년 더 지속될 것이라는 사실이다. 이로 인한 생태계 변화와 대규모 자연재해로 인적 피해와 경제적 손실이 막대할 것으로 예상된다.

기후 변화는 선진국보다 이상 기후에 대한 적응 역량이 상대적으로 낮은 개도국에 심각한 영향을 미친다. 세계은행(World Bank)은 2001~2006년 이상 기후 현상으로 개도국이 입은 경제적 피해 규모가 GDP의 1%에 달한다고 평가하고 있다. 선진국이 0.1%라는 점에 비추어 볼 때 개도국은 10배의 부담을 지고 있는 셈이다. 경제적 저발전, 사회적 자본 및 제도의 미비, 거버넌스의 취약성 등으로 이미 심각한 빈곤과 저개발의 악순환에 직면해 있는 개도국은 기후 변화로 인해 더 심각한 피해를 입을 것으로 예상된다. 개도국에서 나타나는 대표적인 기후 변화 현상은 기온 및 강수량의 변화로 인한 가뭄, 홍수, 태풍 등 극단적인 기상 현상, 종 다양성 및 생태계 손상, 사막화 심화, 생화학적 주기의 변화 및 빙붕 융해 등이다.

이상 기후 현상들은 개도국의 환경뿐 아니라 농림 수산업, 목축업, 산업, 식수, 위생 및 보건, 교육, 사회, 경제 등 전반에 걸쳐 악영향을 미친다. 가뭄,

홍수 등은 곡물 생산성을 감소시켜 식량 위기를 야기하며, 토지 및 산업 인프라 파괴는 생계 수단 손실로 연결된다. 또한 거주 환경의 변화와 이주 등으로 사회적 불안을 조성하고 질병이 만연해 노동 생산성의 하락을 가져온다. 이처럼 개도국들은 기후 변화 영향에 더욱 취약하다.

저지대 해안에 위치한 국가들에게 이러한 문제는 더욱 심각하게 다가온다. 특히 높아진 해수면으로 인해 수십 년 내 국토 전체가 수몰될 것으로 예상되는 태평양의 작은 섬나라들은 기후 변화의 최전선 국가들이다. 『유엔미래보고서』에 따르면 지구 기온 상승과 맞물린 북극 빙하의 융해는 2100년까지 거의 2m 정도 해수면을 상승시킬 것으로 전망된다. 이로 인해 파푸아뉴기니에 있는 카터렛 섬은 2015년에 완전히 수몰될 위기에 처해있다. 이미 섬의 건물 대부분이 파괴되었고 작물과 나무, 우물도 해수에 의해 오염된 상태다. 파푸아뉴기니는 2005년부터 이곳 주민들을 인근의 부간빌 제도로 이주시키고 있다.

지구에서 가장 낮은 저지대 국가 몰디브 역시 해수면이 상승하면서 국가 산업의 1/3을 차지하는 관광 산업이 소멸할 위기에 처해 있다. 지구온난화가 이대로 계속된다면 몰디브는 2026년에 바닷속으로 사라질 것이다. 해발 고도가 2m에 불과한 키리바시 또한 이미 2개의 섬이 침수된 상태이며, 국토 곳곳이 물에 잠기고 있다. 인구 1만여 명의 작은 섬나라 투발루의 해수면은 지난 20년간 0.07mm씩 상승하다 최근에는 1.2mm로 급격하게 상승했다. 그 결과, 총 9개 섬 가운데 벌써 2곳에 바다에 잠겼고, 수도 푸나푸티는 이미 침수한 상태다. 투발루 총리는 밀려드는 바닷물을 막을 방법이 없다면서 2001년 국토 포기를 선언했으며, 전문가들은 투발루의 전체 국토가 바다 밑으로 가라앉기까지는 40년도 채 남지 않았다고 예상하고 있다. 인근 섬나라인 마셜 제도 역시 다른 나라로 이주한 기후 난민의 수가 전체 인구의 15%인 1만 명에 달할 정도로 해수면 상승이 심각한 수준이다. IPCC는 지구 온도가 2℃만 올라도 태평양의 이러한 작은 섬나라들이 세계 지도에서 영영 사라지게 되며, 이로 인해 기후 난민이 급증할 것이라고 내다봤다.

국제사회는 기후 변화의 심각성을 인식하고 이에 대응하고자 온실가스의 인위적 방출을 규제하기 위한 유엔 기후 변화 협약당사국 총회(COP)를 매년 개최하고 있지만, 별 진전을 보이지 않고 있다. 선진국과 개도국의 의견 차이로 번번이 원론적 합의만을 담보하고 있는 것이다.

특히 교토의정서를 대체할 신기후 변화 협약(Post-2012체제)이 국가 간의 정치적 이해관계로 교착 상태에 빠지면서 실질적인 합의를 이끌어내지 못하고 있다. 38개 선진국만 온실가스 배출 감축 의무를 지는 것으로 명시한 교토의정서와 달리 신기후 변화 협약은 선진국뿐 아니라 개발도상국도 탄소 배출 감축 의무국으로 포함시키고 있다. 또한 기후 변화에 상대적으로 취약한 개발도상국의 기후 변화 적응, 에너지 효율 제고, 저탄소 기술 도입 등을 돕기 위한 '녹색기후기금'을 조성할 것을 명시하고 있다.

2015년 12월 파리에서 열리는 제21차 기후 변화 협약 당사국 총회(COP21)에서 각 국가별 온실가스 감축 목표(INDC)를 바탕으로 지구 기온 상승을 산업화 이전 대비 2℃ 이내로 억제하기 위한 '신기후 체제 구상'을 완성할 방침이지만, 실질적인 합의를 도출할 수 있을지는 미지수다. 선진국와 개도국의 이해관계가 좁혀지지 않고 있다.

만약 실질적인 협상이 결렬되어 탄소 배출량을 충분히 줄이지 못하면

2041년에 지구 평균 기온이 2℃ 상승 한계선을 넘게 된다. 2℃ 상승은 극지방의 빙하를 녹임으로써 급격한 해수면 상승을 일으키고 그린란드도 용융의 티핑 포인트에 도달하게 만든다. 2℃ 상승만 해도 재앙과 같은 수준인데, 탄소 배출 저지의 적극적인 노력이 없으면 2056년에는 3℃, 2070년에는 지구 평균 기온이 최대 4℃ 상승할 것으로 예상된다. 4℃ 상승은 지구 대부분 지역에서 인간이 적응할 수 있는 한계를 넘어서는 환경을 만든다. 기후 난민 숫자는 사상 최대치에 이르며, 기후 재난, 물 부족, 식량 부족 등의 대규모 재앙의 속도도 엄청날 것이다.

이런 상황에서 키리바시의 아노테 통 대통령은 기후 변화의 위기를 공론화하고 해수면 상승으로 수몰 위기에 처한 군소 도서 국가들의 심각성을 전 세계에 환기시키는 등 기후 변화 극복을 위한 다양한 국제적 활동을 펼치고 있다. 아노테 통 대통령은 세계 이산화탄소 평균 배출량의 1/8에 불과한 키리바시를 비롯한 태평양의 작은 섬나라들이 선진국이 무분별하게 내뿜은 온실가스로 인해 국토 전체가 바닷물에 잠길 위기에 처해 있다고 강조하면서 모든 나라가 기후 위기를 극복하기 위한 실질적인 행동에 나설 것을 촉구하고 있다.

또한 정부의 주요 수입원인 어업권을 희생하면서까지 해양 보호 구역(PIPA)을 설정, 미래 세대를 위한 바다 환경 보호에 앞장서고 있다. 통 대통령은 기후 변화의 최전선에 있는 기후취약국의 입장을 대변하면서 지구의 미래를 위해 모든 나라가 자국의 이익과 편의를 넘어 온실가스 배출 감축을 위한 노력에 공동으로 협력해 줄 것을 호소하는 기후평화의 리더이다.

CLIMATE PEACE
Anote
TONG

아름다운 키리바시에서 태어나다

아노테 통 키리바시 대통령은 1952년 6월 11일 키리바시 라인 제도 패닝 섬에서 태어났다. 통 대통령의 아버지는 중국인으로 제2차 세계대전 후 키리바시에 정착하면서 현지인인 어머니와 결혼하였다. 어머니는 키리바시 토착민인 미크로네시아 인으로 미소가 아름다운 전통적인 여성이었다.

아노테 통 대통령은 비교적 유복한 환경에서 어린 시절을 보냈다. 아버지는 현재보다 나은 미래를 살기 위해서는 교육을 받아야 한다고 생각하여 사업으로 바쁜 와중에도 자녀들의 교육에 많은 신경을 썼고, 어머니는 문화적 배경이 다른 남편의 의견을 존중하고 자녀들이 아버지의 뜻을 잘 따를 수 있도록 보이지 않는 노력을 하였다. 따뜻한 배려와 편안하고 행복함이 넘치는 가정이었다.

통 대통령의 가족뿐만이 아니라 키리바시 사람들은 아름다운 남태평양 바다를 보면서 즐겁고 낙천적인 삶을 즐겼다. 누구에게나 온화하고 친절하게 대했으며 다른 사람이 가진 것을 탐내거나 자신의 것을 지키기 위해 싸움을 일으키지 않았다. 키리바시 국민들은 세계에서 행복지수가 매우 높은 축에 속하는 행복한 사람들이었다.

어린 시절 통 대통령은 바다에 나가 놀기를 좋아했다. 하루 종일 따뜻하고 맑은 바다에서 헤엄을 치거나 잠수를 하여 열대어를 잡으면서 놀았다. 그것도 지겨워지면 형제들과 카누를 타거나 해변 야자수 아래에서 모래 장난을 하곤 했다. 바다에서 놀 때면 모든 것이 따뜻하고 편안했으며 에메랄드 빛 바다는 어린 아노테에게 가장 신나는 놀이터이자 편안한 쉼터였다.

그러던 어느 날 집에 일찍 들어온 아버지는 자녀들이 어떻게 공부하고 있는지 한사람씩 꼼꼼하게 물어보았다.

"바다에서 놀 때면 모든 것이 따뜻하고 편안하기만 했다.
에메랄드 빛 바다는 어린 아노테에게 가장 신나는 놀이터이자
편안한 쉼터였다."

"아노테, 학교는 잘 다니고 있지? 공부는 재미있니?"

"학교는 재미있어요. 하지만 공부가 재미있지는 않아요."

아노테의 솔직한 대답에 아버지는 빙그레 웃음을 지었다. 그리고 귀여운 눈을 반짝이며 자신을 바라보고 있는 아노테를 바라보았다.

"공부는 원래 재미가 없는 거란다. 재미가 있어서 하는 게 아니라 필요해서 하는 거지."

"공부가 왜 필요해요? 공부를 하지 않아도 다들 즐겁게 잘 사는 걸요."

"아노테, 너의 말이 맞아. 분명히 공부를 안 하고도 즐겁게 살 수는 있단다. 하지만 그런 평화와 행복을 오랫동안 지키려면 공부를 해야 한단다. 세상에는 키리바시 말고도 많은 나라가 있어서 키리바시에 영향을 주거든. 아버지가 가족이 편안하고 행복하게 생활할 수 있도록 열심히 일하는 것처럼 누군가는 키리바시 사람들이 미래에도 행복하게 살 수 있도록 노력을 해야 하는 거야."

아버지의 말씀을 완전히 이해할 수는 없었지만 "키리바시의 행복을 지키기 위해 공부해야 한다."는 말씀은 어린 아노테의 가슴에 남았다.

이후 통 대통령은 키리바시에서 고등학교를 마치고 뉴질랜드로 가서 캔터베리 대학교에 입학, 경제학을 공부하기 시작했다. 키리바시의 평화와 행복을 지키기 위해서는 경제를 공부해야겠다고 생각했던 것이다.

키리바시는 거대한 물의 나라로 국가 경제를 어업에 의존하고 있었다. 80% 이상의 국민들이 어업으로 생계를 유지하고 있었으며, 국가 수입도 한국, 일본, 미국 등 원양어선 국가들로부터 받는 입어료에 크게 의존하고 있었다. 통 대통령은 경제학을 공부하면서 바다 이외의 다른 자원이 거의 없는 키리바시가 안정적인 경제 구조를 유지하려면 다른 국가들과의 관계가 중요하다는 것을 깨닫게 되었다. 키리바시의 경제가 '국제 정치'의 영향 아래에 놓여 있다는 것을 깨닫게 된 것이다.

대학 졸업 후 통 대통령은 고국 키리바시로 돌아왔다. 뉴질랜드에서 함께 공부했던 태평양 도서 국가 출신의 다른 친구들은 대부분 고국으로 돌아가지 않는 상황이었다. 가난하고 힘없는 조국에 비해 뉴질랜드의 문명화된 생활은 편안하고 안락했기 때문이다.

통 대통령도 뉴질랜드나 호주에 남아 공부를 계속하거나 기업에 취업을 하는 것은 어떠냐는 제안을 받았지만 타국의 안정적인 삶에 미련을 가지지 않았다. 그는 "키리바시의 행복과 평화를 지키기 위해서는 공부를 해야 한다."고 하셨던 아버지의 말씀을 잊지 않고 있었기 때문이다. 경제학을 공부하면서 키리바시의 미래를 위해서는 국제 정치 구조를 이해하고 활용하는 것이 급선무라고 판단했다.

키리바시로 돌아온 통 대통령은 정부에서 경제개발, 경제계획, 경제협력 등 경제 관련 실무자로 일하기 시작했다. 경제 실무를 담당하면서 영국 런던 정치경제 대학(LSE)에서 경제학 석사 과정을 공부하기도 했다. 1990년대 세계 경제는 급변하고 있었다. 키리바시는 인구 11만 명의 작은 나라로, 길버트 제도(Gilbert Islands), 라인 제도(Line Islands), 퍼닉스 제도(Phoenix Islands)에 있는 33개의 낮은 환초로 이루어진 섬나라였다. 냉전이 종식되고 신자본주의 물결이 세계를 움직이고 있는 상황에서 키리바시의 안녕은 언제든 무너질 수 있다는 불안감이 늘 통 대통령의 마음을 무겁게 하고 있었다.

특히 해수면의 지속적인 상승은 아름다운 키리바시에 어두운 그림자를

"통 대통령은 대학을 졸업한 후
키리바시의 평화와 행복을 지키기 위해
고국 키리바시로 돌아왔다."

드리우고 있었다. 1990년대부터 사람들이 살던 산호섬 곳곳이 침수되는 현상이 본격화되었다. 급기야 1999년에는 키리바시의 테부아 타라와 섬과 아바누에아 섬이 바닷속에 잠겨 버렸다. 침수 현상은 수도 타라와 곳곳에서도 쉽게 확인되었다. 타라와 섬의 끝자락은 바닷물이 덮쳐 이미 폐허가 되었으며, 현재 사람이 살았던 흔적만이 해안선을 따라 흉물스럽게 남아있다. 섬 마을 곳곳에는 바닷물이 고여 있는 큰 웅덩이들이 생겼다. 예전에 아이들이 마음껏 뛰어놀았던 이곳은 이제 호수처럼 짠 바닷물이 1년 내내 고여 있다.

1990년대부터 아노테 통 대통령은 키리바시에 닥친 이런 불행의 징조를 목격하면서 해수면 상승에 대한 대안을 고민하였다. 해수면의 변화는 키리바시의 생존을 좌우하는 중대한 사안이었지만 국민들은 아직 그 심각함을 피부로 느끼지 못하고 있었다. 물론 이런 키리바시의 고통에 대해 국제사회는 아무런 관심을 두지 않았다.

대안은 무엇인가? 키리바시의 미래를 고민하며 통 대통령은 키리바시의 운명을 책임질 대통령에 당선되었다. 당선 이후 통 대통령의 고민은 더욱 깊어졌다. '바닷물에 잠겨가는 키리바시의 미래를 위해 과연 나는 무엇을 할 수 있는가?'

바닷물에 잠겨가는 국토

세상에서 해가 가장 일찍 뜨는 아름다운 섬나라 키리바시, 이 행복했던 나라의 국민들은 집이 물에 잠길까 하루하루 불안한 삶을 살아가고 있다. 키리바시의 인구 중 절반이 넘는 5만 명의 국민이 16km가량의 모래사장과 산호초로 이루어진 수도 타라와에 밀집하여 살고 있다. 타라와의 평균 고도는 해발 2m인데, 지구온난화로 인해 해수면이 해마다 2.9mm씩 상승 중이라 머지않아 국토 전체가 수몰될 심각한 위기에 처해있다. 전 세계적으로 해수면이 평균 1~2mm 정도로 상승하는 것에 비하면 2배 이상 급격한 속도다.

　통 대통령은 기후 변화의 심각성을 모르는 전 세계의 많은 사람들에게 키리바시의 현실을 알리기 시작했다. "제방도로를 보셨습니까? 부서져 내리고 있습니다. 주말에 한 장관에게 아바이방 섬 지역에 가 보라고 했습니다. 담수호가 갈라져 틈이 생겼다고 하더군요. 걱정입니다. 그 호수는 예전에는 바다에서 수백 미터 떨어져 있었지만 해수면 상승으로 지금은 바다와 이어져 버렸습니다. 결국 바닷물이 담수에 영향을 미치게 된 것입니다. 식량 작물에도 영향을 미칩니다. 앞으로 5~10년이면 사람들이 그곳을 떠나야 할 것이고 상황은 계속 악화될 것입니다. 지금은 한두 지역에 불과한 문제이지만, 앞으로 5년 후에는 5~6개 지역이 될 것이고, 10년 후에는 더 많은 지역이 침수될 것입니다. 아마 50년 후에는 나라 전체의 문제가 되겠죠."

　주민들은 자신의 삶의 터전이 사라져 버리는 것을 막기 위하여 제방을 쌓고 해안 지반을 지탱해 주는 효과가 있는 맹그로브 나무를 심었지만 역부족이었다. 밀물 때마다 해수면이 높아져 흙과 자갈로 만든 제방도로가 무너져 내렸고, 맹그로브 나무는 짠 바닷물을 견디다 못해 죽어버렸다. 2011년 반기문 유엔 사무총장이 키리바시를 방문했을 때 해안침식을 막기 위해 맹그로브를 심었으나 이 나무마저 침수되어 다른 곳으로 옮겨 심어야만 했다. 그만 큼 해수면이 높아지고 있다는 증거다. 아노테 통 대통령은 타라와가 지구 온난화로 인한 침수로 앞으로 30~60년 사이에는 거주가 불가능한 죽음의 땅이 될 것이라고 내다보고 있다.

키리바시 식수 문제도 심각하다. 해수면 상승으로 바닷물이 지하수 층을 뚫고 올라오면서 민물이 짠물로 변해 식수가 턱없이 부족한 상태다. 주민들의 식수원인 지하수가 소금물로 바뀌면서 오염이 심해져 위생 상태가 나빠지고 있다. 엄마들은 물이 부족하여 점점 아기를 돌보기가 힘들다고 하소연한다.

"3개월 된 아기가 있지만 분유를 타 먹일 수 있는 깨끗한 물을 구하기가 힘듭니다. 아기 목욕을 시키는 것은 더욱 어려운 일이죠. 식수가 짠물로 변해버려 아기를 돌볼 물조차 부족할 때가 많아요."

현재 키리바시 국민들은 빗물을 식수로 사용하고 있다. 키리바시에 살고 있는 가정마다 대형 빗물받이 통을 설치하고 이곳에 모은 빗물을 식수로 이용하는 경우를 어렵지 않게 볼 수 있다. 이 빗물로 목욕도 하고 음식을 만들기도 한다. 그러나 강수량이 부족한 달에는 섬 어디에서도 충분한 식수를 구할 수 없어 고통을 겪고 있다.

상황이 이렇다 보니 농작물 생산도 어렵다. 해수면 상승은 키리바시를 농작물이 더 이상 살수 없는 죽음의 땅으로 만들고 있다. 파도가 육지로 범람하면서 경작지로 쓰일 수 있는 땅이 점차 줄어들고, 지하수에 바닷물이 침투해 농작물이 말라죽는 상황이다. 아노테 통 대통령은 버려진 땅이 늘어가는 자국의 안타까운 현실을 다음과 같이 토로하였다.

"아바이방 섬 지역은
제방도로가 바닷물에 침수되어 붕괴되었다.
키리바시 국토는 지구 온난화로 인해 해수면보다
2m 높이에 불과해 국토 곳곳이 잠기고 있다."

"키리바시 식수 문제도 심각하다.
해수면 상승으로 바닷물이 지하수 층을 뚫고 올라오면서
민물이 짠물로 변해 식수가 턱없이 부족한 상태다.
식수원인 지하수가 소금물로 바뀌면서 위생상태가 나빠지고 있다"

"해수면 상승으로 바닷물이 역류해 땅이 침식되고 식수공급과 농작물 재배가 불가능합니다. 죽음의 과정이 진행되고 있습니다. 게다가 폭풍과 해일로 염분이 유입되어 저지대 경작지의 생산성이 감소하여 키리바시의 몇몇 섬이 버려진 상태입니다."

불과 20년 전만 해도 키리바시는 코코넛 섬으로 불릴 정도로 야자수가 풍성한 나라였다. 코코넛 나무는 키리바시 사람들의 경제적 자원이자 토양 침식을 방지해 주는 버팀목이었다. 하지만 해수면 상승으로 바닷물이 코코넛 나무숲을 드나들면서 나무들은 서서히 죽어갔다. 지금은 소금기 가득한 땅, 부족한 물 때문에 더 이상 질 좋은 코코넛을 찾아볼 수 없다.

바닷물 범람으로 경작지가 줄어들면서 식량 문제는 더욱 심각해지고 있다. 염분 유입으로 저지대 경작지 대부분이 침수되면서 농작물 생산량이 갈수록 급감하고 있기 때문이다. 현재 키리바시는 모든 식량을 다른 국가로부터 수입하고 있으며, 키리바시 국민들의 식량을 어떻게 안정적으로 확보할 것인가는 중대한 현실적 문제가 되었다.

상황이 심각해지자 그나마 편의시설이 갖춰진 수도 타라와로 이주하는 사람들이 급격히 증가하였다. 현재 키리바시의 수도인 타라와의 인구는 매해 6%의 인구 성장률을 보이고 있으며, 2030년이 되면 지금의 두 배인 10만 명으로 늘어날 전망이다. 이는 대도시인 런던이나 로스앤젤레스의 일부와 비슷한 수준이다. 인구 과밀 현상이 빚어지면서 타라와는 물가 상승과 실업률 급증, 극심한 교육과 의료 서비스 부족 등으로 어려움을 겪고 있다.

이렇게 키리바시의 상황이 심각하다 보니 낙천적인 성격의 키리바시 사람들에게도 걱정거리가 많아졌다. 아이들은 바닷물이 언제 자신의 집을

"2011년 반기문 유엔 사무총장이 키리바시를 방문했을 때
해안침식을 막기 위해 맹그로브 나무를 심었으나
이 나무마저 침수되어 다른 곳으로 옮겨 심어야만 했다.
통 대통령은 타라와가 앞으로 30~60년 사이에는
거주가 불가능할 것으로 보고 있다."

"키리바시는
코코넛 섬으로 불릴 정도로 야자수가 풍성했지만
이제는 소금기가 가득한 바닷물로
야자수가 죽어가고 있다."

덮칠지 몰라 불안에 떨곤 한다. 키리바시를 방문했던 반기문 UN 총장은 한 소년의 두려움이 아직도 잊히지 않는다고 연설에서 밝힌 바 있다.

"제가 키리바시를 방문했을 때 한 소년을 만난 적이 있습니다. 이 소년은 밤에 잠을 자는 동안 바닷물에 휩쓸려 갈까봐 두려워하더군요. 기후 변화는 다수의 저지대 국가의 생존에 큰 위협이 되고 있습니다."

국토가 서서히 바닷속으로 잠기는 위기 상황에서 최선의 대안은 보다 안전한 곳으로 이주하는 것이다. 그러나 키리바시 국민들은 자기가 나고 자란 정든 고향을 떠나고 싶지 않아 한다. 물론 섬을 떠난 사람도 있지만 대부분의 사람들은 삶의 터전인 섬을 떠날 엄두조차 내지 못하고 있다.

"집 전체가 온통 바닷물로 뒤덮였었죠. 하지만 전 떠나고 싶지 않아요. 떠날 수도 없어요. 지금 제가 할 수 있는 일이라곤 그저 이 상황이 멈추기를 기도하는 것뿐입니다. 앞으로 어떻게 해야 할지 모르겠어요."

에메랄드 빛 바다를 품은 아름다운 섬 키리바시, 그러나 그 안에서 섬 주민들은 미래에 대한 희망을 잃어버린 채 자신의 고향이 사라질지도 모른다는 두려움 속에서 하루하루를 살아가고 있다.

세계 지도에서 사라질 위기의 섬나라들

해수면 상승으로 인한 비극은 키리바시 주민들만의 문제가 아니다. 남태평양에 위치한 대부분의 군소 도서 국가들 역시 같은 상황에 처해 있다.

키리바시와 자매 환초 그룹에 속하는 투발루 공화국은 기후 변화로 세계에서 가장 먼저 사라질지도 모르는 나라 중 하나다. 투발루 공화국은 총면적은 26m, 인구는 약 1만 명으로 세계에서 네 번째로 작은 나라이다. '아홉 개의 섬'이라는 뜻의 투발루는 천혜의 자연 경관을 자랑한다. 그러나 현재 투발루는 해수면 상승으로 인해 지상의 낙원이라는 말이 무색할 만큼 초라한 죽음의 섬으로 변해가고 있다. 결국 2001년 투발루 정부는 국토 포기를 선언했다.

투발루 섬들의 평균 해발고도는 2m가 채 되지 않으며, 국가에서 가장 높은 곳이라도 고도가 5m가 안 된다. 투발루의 해수면은 지난 20년간 연간 0.07mm씩 상승하다 최근에는 연간 1.2mm씩 급격하게 높아지고 있다. 총 9개의 섬 중 사람이 시 는 섬이 8개인데, 현재 2개의 섬이 사라졌으며 수도 푸나푸티 또한 이미 침수된 상태다. 잦은 폭풍과 해일로 기반 시설이 파괴되었으며, 토양에 침범한 소금기 때문에 식수가 부족하고 농작물이 해를 입어 더 이상 사람이 살 수 없는 버려진 땅이 되었다. 2001년 정부의 국토 포기 선언 이후, 1만여 명의 투발루 국민들은 기후 난민이 되어 주변국들에게 이민을 호소했다. 그러나 호주와 피지는 이민을 거절하였고, 뉴질랜드는 제한적으로 허용하고 있으며, 섬에 남겨진 사람들은 어디로 떠나야 할지 몰라 하루하루 불안한 삶을 살고 있다.

마셜 제도 공화국 역시 기후 변화로 인한 해수면 상승과 폭풍우, 잦은 범람으로 고통을 겪고 있다. 마셜 제도는 총 면적 182m, 인구 7만이 사는 태평

"기후 변화로 해일이
빈번하게 일어나자 바다를
가족처럼 생각하던 키리바시 사람들은
공포를 느끼게 되었다.
태평양 지역 국가들은 해일 피해가
심화되고 있다."

"키리바시 국민들은
아름다운 키리바시에서 아무 걱정 없이 살았던 때를
그리워하고 있다. 그러나 해수면 상승은
국민들의 생존을 위협하는 상황이다."

양의 작은 섬나라이다. 29개의 환상 산호도와 5개의 섬으로 이루어졌는데, 가장 높은 지역의 고도가 해발 10m에 불과할 정도로 국토가 낮다. 지구 온난화로 빙하가 녹으면서 마셜 제도 연안의 해수면은 지난 100년 동안 20cm나 상승했으며, 수도인 마주루는 이미 국토 곳곳이 해수면 아래로 잠긴 상태다. 더욱 심각한 것은 빈번한 해일이다. 바다를 가족처럼 생각하던 사람들은 해일 피해로 고통을 당하고 있다.

"창문을 통해 파도가 밀려오는 걸 봤을 때 정말 무서웠죠. 부모님께 바로 도망치라고 소리쳤어요. 몰려드는 바닷물로 아이들이 두려움에 우는 모습을 보고 저도 눈물이 나더군요. 하지만 아이들을 위해 버텨야 했죠."

국토 침수로 살 곳을 잃은 마셜 제도 공화국 주민들은 속속 새로운 터전을 찾아 떠나고 있다. 인구의 15%에 달하는 1만 명 정도가 이미 미국 아칸소 주의 스프링데일로 이주했다. IPCC는 지구 온도가 2℃만 올라가도 마셜 제도는 지구 상에서 영영 사라지게 될 것이라고 보고 있다.

남태평양의 섬나라 바누아투는 해수면 상승뿐 아니라 기후 변화로 인한 초강력 사이클론으로 인해 국토가 초토화되는 큰 피해를 경험하였다. 얼마 전 사이클론 팸이 바누아투를 할퀴고 지나가면서 주택 90%가 파괴되고 마을 전체가 폭삭 주저앉았다. 이번 피해로 3,300명이 넘는 이주민이 발생하였으며 전체 인구 25만 명 가운데 대다수가 삶의 터전을 잃었다. 행복지수 1위를 자랑하던 국가가 한 번의 사이클론으로 폐허가 된 것이다. 바누아투 총리는 이번 재앙의 원인으로 지구온난화를 지목한다. 그동안 바누아투 해수면이 꾸준히 상승해 왔고, 이상 집중호우가 반복되는 등 기후 패턴이 달라졌다는 것이다.

"해수면이 지속적으로 상승하면서 예전에는 없었던 사이클론이 생기고, 폭풍 해일, 쓰나미 등 기상 이변이 속출하고 있습니다. 이는 우리처럼 작고 가난한 섬나라에 커다란 위협이 아닐 수 없습니다. 한 번 사이클론이 발생하면 전 국토가 초토화됩니다."

사이클론 피해는 비단 바누아투뿐만이 아니다. 이웃 섬나라인 쿡 제도 역시 해수면 상승과 갈수록 거세지는 폭풍의 강도, 초강력 사이클론으로 고통 받고 있다. 특히 1987년 발생한 사이클론 샐리는 라로통가 섬에 극심한 피해를 입혔는데, 수도인 아바루아가 초토화되면서 많은 이재민이 발생했다. 1997년에는 사이클론 마틴이 마니히키 환초를 강타해 90%의 집들이 파괴됐다. 더 격렬해진 폭풍과 홍수, 해일로 인해 쿡 제도의 해안 기반 시설은 파괴되고 갯벌 피해 또한 심각한 상태다.

이처럼 키리바시를 비롯한 태평양의 군소 도서 국가들은 섬 전체가 해수면 아래로 서서히 잠기는 위험에 처해 있다. 지구 파라다이스로 불릴만한 평화로운 모습과 달리, 태평양 연안의 조그만 섬나라들은 국토 침수로 나라의 생존 자체가 위협받고 있다고 호소한다. 주민들은 언제 자신의 집이 바닷물에 휩쓸려 갈지 모르는 두려움에 하루하루가 걱정이다.

"예전에는 파도 소리가 자장가였어요. 그러나 지금은 철썩이는 파도가 무섭기만 합니다. 언제 우리 집을 삼켜버릴지 모르니까요."

점점 차오르는 바닷물의 유입을 막기 위해 태평양 섬나라 주민들은 흙과 자갈로 열심히 방조제를 쌓고 있다. 또한 염분에 강한 맹그로브 나무를 해안가 주변 곳곳에 심고 있다. 그러나 이 작고 가난한 섬나라는 기본적인 수해 대비책 마련마저도 힘든 상황이다. 태양 에너지를 이용하고 담수 처리

공장을 짓는 야심찬 계획도 세우고 있지만 주로 어업에 의존하는 섬나라들에겐 비용 부담이 너무 크다. 이제 태평양의 섬나라들은 선택을 해야만 한다. 바닷속으로 가라앉는 섬에 남을 것인가 아니면 섬을 떠나 기후 난민이 될 것인가?

통 대통령은 이런 주변 국가들의 상황을 보면서 키리바시를 위한 대안을 찾아보고자 하였다. 국민들은 과거 아름다운 키리바시에서 아무 걱정 없이 살았던 때를 그리워하고 있다. 1990년대만 해도 국민들은 해수면 상승을 실감하지 못했다. 심지어 해수면 상승으로 키리바시가 바닷속에 잠길 수 있다는 것을 '과장된 이야기'라고 생각했다. 그러나 2000년대 들어 키리바시 국민들은 해수면 상승의 피해를 온몸으로 경험했으며, 키리바시가 바다에 침수되고 있다는 말이 결코 허구나 과장이 아니라는 것을 깨달았다.

처음에는 제방이 부서졌다. 그 다음에는 바닷물이 집 안으로 들어오기 시작했다. 만조기 때마다 십안은 홍수가 나서 매트를 높은 곳으로 옮기고 물이 빠질 때까지 기다려야 했다. 키리바시 국민들은 만조기가 언제인지 걱정하는 것이 하루 일과가 되었다. 불안해진 사람들은 배를 만들었다.

이제 키리바시의 상황은 아름답지만은 않다. 여전히 바다는 에메랄드 빛으로 반짝이지만 먹을 물도 식량도 없다. 그렇다고 무작정 손 놓고 있을 수도 없다. 기후 난민을 환영해주는 국가도 없을뿐더러 국민들이 떠나고 싶어 하지도 않기 때문에 실질적인 대책을 세우는 데 어려움이 있다.

해수면 상승의 주범, 지구온난화

키리바시를 비롯한 태평양 섬나라들이 수몰 위기에 처하게 된 것은 지구온난화 때문이다. 산업혁명 이후 화석연료 사용 증가와 산림 파괴 등 인간의 활동으로 인해 대기 중 온실가스가 급격하게 상승했다. 이는 최근 2만 년 동안 전례를 찾아볼 수 없을 정도의 속도이다. 온실가스 농도가 증가하면서 지구에 온실효과가 발생했고, 이는 지구온난화로 이어져 해수면을 상승시켰다.

IPCC 5차 보고서에 따르면 지구의 표면 온도는 지난 133년(1880~2012년) 동안 0.85℃ 상승하였다. 이 작은 온도 차이가 지구에 미치는 영향은 실로 엄청나다. 지구 표면 온도가 조금만 상승해도 극지의 얼음이 녹으면서 해수면 상승, 강수 변화, 허리케인, 쓰나미와 같은 대규모의 기상 이변이 일어나기 때문이다.

최근 온도 상승 속도가 빨라짐에 따라 인류의 미래가 어두워지고 있다. 지난 30년(1983~2012년)은 1850년 이래 가장 더웠고, 21세기의 첫 10년은 더 더웠던 것으로 관측됐다. IPCC는 지금과 같은 추세로 지구온난화가 진행된다면 2081~2100년의 지구 평균 기온은 1986~2005년에 비해 3.7℃ 상승하고, 해수면은 63cm 상승할 것이라는 암울한 전망을 내놓았다.

지구온난화로 인해 북극 대기 온도는 약 5℃ 높아졌다. 이는 지구 평균 온도 상승폭보다 6배나 빠른 엄청난 속도다. 지난 133년 동안 지표 온도가 0.85℃ 오르는 사이 북극은 4~5℃나 상승한 것이다. 북극은 '지구 기후의 지붕'이라 불릴 정도로 지구의 기후를 만들어내는 요충지다. 그러나 현재 북극 빙하가 급격히 녹아내리면서 지구를 떠받치는 지붕이 서서히 무너져 내리고 있는 것이다. IPCC 5차 보고서는 북극해의 해빙 면적이 10년당 3.5~4.1%씩 감소하였고, 남극 해빙 또한 1.2~1.8%로 줄어들었다는 암담한 연구 결과를

"북극 빙하가 녹기 시작하면서 태평양 국가들은
해수면 상승을 실감하게 되었다.
이 속도로 해빙이 진행되면 2100년
6억 명의 태평양 지역 국가의 국민들이 집을 잃게 된다."

내놓았다.

　최근에는 북극 빙하에 사는 바다코끼리 3만 5천 마리가 알래스카 해변으로 몰려드는 해프닝도 있었다. 빙하가 녹아내리자 삶의 터전을 잃어버린 바다코끼리가 가까운 알래스카 해변으로 떠밀려온 것이다. 그만큼 북극 빙하가 빠르게 해빙되고 있다는 증거다. 만약 이 같은 속도로 지구온난화가 진행된다면 2040년에 북극 빙하는 지구상에서 영원히 자취를 감추게 될 것이라는 것이 미국 국립해양대기청(National Oceanic and Atmospheric Administration :NOAA)의 예측이다.

　녹은 빙하는 해수면을 급격히 높이고 있다. IPCC 5차 보고서는 1901~2010년에 전 지구 평균 해수면이 0.19m 상승했다고 밝혔다. 1993~2010년의 해수면 상승률은 1901~2010년의 상승 속도보다 약 두 배나 빨랐다. 전 지구적으로 빙하가 녹으면서 실로 어마어마한 양의 물이 바다로 유입되고 있는 것이다.

　이로 인한 최대 피해 지역은 바로 남태평양의 작은 섬나라들이다. 남태평양에 도달한 북반구의 물은 적도지방의 열기가 더해져 부피가 커져 해발고도가 낮은 남태평양의 많은 섬 국가들을 침수시키고 있는 것이다. 지구온난화로 인한 해수면 상승으로 키리바시를 비롯한 남태평양의 나우루와 투발로, 쿡제도 등 아름답기로 유명한 섬나라들이 지구 상에서 영영 사라질지도 모른다. IPCC는 오는 2100년 지구온난화와 해수면 상승 탓에 인도양의 몰디브나 태평양의 투발루 같은 저지대의 섬나라가 사라지고, 세계 인구의 10%인 6억 명 이상이 집을 잃어버릴 것으로 추정하였다.

　지구온난화는 쓰나미, 카트리나 참사와 같은 재앙들의 원인으로도 지목

"경제 선진국들이 배출하는 이산화탄소는
키리바시 국민들의 생존 기반인 바다를 파괴하고 있다.
이러한 상황에도 선진국들은
명확한 대책을 세우지 못하고 있다."

된다. 해수면 온도가 비정상적으로 높아져 발생하는 엘니뇨로 인도네시아에서는 최근 들어 부쩍 가뭄이 잦아졌다. 인도에서는 가뭄과 호우와 태풍이 급증하고, 미국 서부와 중부 지역에서도 호우와 토네이도 발생 비율이 증가하고 있다. 강도 7을 넘는 강진, 50℃를 넘어가는 폭염, 90m/s로 몰아치는 슈퍼 태풍 등 21세기 들어 지구는 각종 천재지변으로 몸살을 앓고 있다.

전문가들은 갈수록 뜨거워지는 지구의 온도를 당장 낮추지 않으면 모든 인류가 대재앙을 맞이할 것이라고 경고한다. 기후 변화의 심각성을 인지하고 지구온난화를 막기 위해 모든 나라가 적극적으로 나서야 한다는 것이다. 반기문 유엔 사무총장은 국제사회가 지구온난화의 심각성을 깨닫고 적극적으로 대응해 나가야 한다고 강하게 촉구하고 있다.

"기후 변화는 심각하고 광범위하며 돌이킬 수 없는 영향을 끼칠 것입니다. 기후 변화는 수십억 명의 인구가 어렵게 얻은 평화와 번영, 기회를 위협하고 있습니다. 이제 우리는 기후 변화를 위한 새로운 방안을 세워나가야 합니다."

지구의 표면 온도를 낮추기 위해서는 무엇보다 온실가스 배출량을 줄여야 한다. 지구온난화의 주범은 화석연료를 사용하는 과정에서 발생하는 온실가스로, 이는 지구 대기권에 태양열을 가두는 역할을 하여 지구 온도 상승을 유발한다. 그러나 불행히도 대기 중 이산화탄소 배출량은 급격히 증가하는 추세이며, IPCC 5차 보고서에 의하면 화석연료 연소, 벌채, 토지 이용 등 인간의 활동으로 인해 대기 중 이산화탄소(CO_2), 메탄(CH_4) 아산화질소(N_2O) 등의 온실가스 농도는 2011년 각각 391ppm(백만분율), 1803 ppb(십억분율), 324ppb로 산업화 이전보다 각각 약 40%, 150%, 20% 높아졌다. 이 같은 비율은 과거 80만 년 동안의 빙하코어에 기록돼 있는 농도 범위를 크게 초과할 뿐만 아니라 지난 2만 2000년 동안 전례가 없던 수치다.

이산화탄소를 많이 배출하는 나라는 단연 경제 선진국들이다. 산업혁명 이후 이들 나라들은 자국의 이익과 편리를 위해 앞다투어 경제개발을 추진하면서 온실가스를 과도하게 방출해 왔다. 엘리자베스 콜버트가 쓴 『지구재앙보고서』에 따르면 미국은 총량 기준으로 단연 세계 최대 온실 기체 배출국이다. 1년 동안 미국인 한 명이 배출한 온실가스는 멕시코인 4.5명, 인도인 18명, 방글라데시인 99명이 배출한 온실가스와 맞먹는 양이었다. 중국이 내뿜는 이산화탄소도 만만치 않다. 지난 수세기 동안 산업화를 추진해 온 선진국은 물론 최근 급격한 경제 성장을 추진하고 있는 중국, 인도 등의 개발도상국 또한 지구온난화의 책임 국가가 되고 있는 것이다.

경제강국들이 무분별하게 사용한 에너지의 대가는 엉뚱하게도 수천 킬로미터 떨어진 키리바시 국민들이 치르고 있다. 이러한 경제 선진국들과 달리 수몰 위기에 직면해 있는 태평양의 작은 섬나라들은 주요 탄소 배출국이 아니다. 아노테 통 대통령은 키리바시의 이산화탄소 배출량은 낮은 수준이라고 강조한다. 키리바시에는 환경을 오염시키는 대형 공장이나 산업시설 등을 찾아보기 힘들다. 그럼에도 불구하고 키리바시는 기후 변화의 최대 희생 국가가 된 것이다.

"키리바시의 1인당 온실 기체 배출량은 세계 평균의 1/8에 불과하며, 많은 선진국들에 비해 턱없이 낮은 수치입니다. 그러나 이들이 내뿜은 이산화탄소로 인해 현재 키리바시는 수몰 위기에 처해 있습니다. 우리는 기후 변화에 책임이 있는 선진국들이 올바른 행동을 하기를 간절히 바라고 있습니다."

섬 주민의 생계가 달린 생태계와 산호초가 대양의 온도 상승으로 파괴되고 있으며, 지반 침식, 범람, 해일로 해안 지대와 기반 시설이 유실되어 많은 주민이 고통을 겪고 있다. 강대국들이 자신의 이익을 위해 무심코 배출한 이산화탄소가 키리바시를 비롯한 태평양 도서 국가 주민들의 소중한 삶의 터전을 위협하고 있는 것이다.

경제 성장을 이룬 선진국들이 태평양 섬나라가 처한 기후 위기에 대해 많은 관심을 기울여야 할 이유가 바로 여기에 있다. 이제 기후 변화의 최대 희생지인 키리바시의 상황을 개선하기 위해 국제사회가 지혜를 모으고 공동으로 행동을 할 때다.

실패로 끝난 코펜하겐 기후 회의

수몰 위기에 처한 남태평양 국가들의 애타는 상황에도 불구하고 지구온난화를 막기 위한 국제사회의 행보는 굼뜨기만 하다. 국제사회는 2012년에 이행 기간이 끝나는 '교토의정서'를 대체할 새로운 기후 변화 협약 협상으로 '발리로드맵'을 채택, 2년간의 논의를 통해 확정하기로 하였으나 선진국과 개도국 간의 이해 차이로 최종 합의를 도출하는 데 실패하고 말았다.

교토의정서는 지구온난화를 규제하고 방지하기 위한 국가 간의 기본 협약으로, 법적 구속력이 있다. 지구의 기후 재난을 대비하기 위하여 유엔 주최로 1992년 6월 브라질 리우데자네이루에서 '리우회의'가 열렸다. 회의에 참석한 각 나라들은 온실가스를 자발적으로 줄이자는 데 합의하였고, 온실가스 감축을 위한 유엔 기후 변화 협약(United Nations Framework Convention on Climate Change : 이하 UNFCCC)을 채택하였다.

그러나 UNFCCC는 자발적인 온실가스 감축을 강제할 법적 구속력이 없어 제대로 이행되지 못했고, 이러한 상황을 개선하고자 1997년 12월 일본 교토에서 제3차 유엔 기후 변화 협약 당사국 총회(COP3)가 개최되었다. 이 회의에서 38개 선진국들은 기후 변화의 주요인인 온실가스 배출량 감축을 골자로 하는 교토의정서를 채택, 서명하고 2005년부터 발효하기로 최종 합의하였다.

교토의정서가 기존의 기후 변화 협약보다 진일보한 점은 온실가스 배출을 '국제법'으로 확실하게 규제하고 있다는 점이다. 기후 변화 협약은 협약 체결국인 192개국이 온실가스의 배출량과 제거량을 조사해 협상위원회에 보고하고, 기후 변화 방지를 위한 국가 계획을 작성해야 한다는 내용을 주축으로 하고 있다. 그러나 교토의정서는 여기서 한 걸음 진일보하여 인준 국가들이 대표적인 온실가스인 이산화탄소와 메테인, 아산화질소, 과불화탄소, 수소화불화탄소, 육플루오린화황 등 모두 여섯 가지의 온실가스 배출량을 감축하고, 배출량을 줄이지 않는 국가에 대해서는 제재를 가할 수 있다는 내용을 담고 있다.

세계 온실가스 배출량의 55%를 차지하는 선진 38개국들은 교토의정서에 따라 2008년에서 2012년까지 온실가스를 1990년 대비 5.2%로 감축할 의무를 지게 되었다. 특히 기후 변화 협약 회원국 186개국 중 유럽연합(EU) 15개 회원국들은 8%, 미국은 7%, 일본은 6%를 각각 줄어야 했다.

교토의정서의 이행기간은 2008년부터 5년 동안으로 2012년 효력이 끝이 났다. 그 이후에는 새로운 협약을 통해 온실가스 감축에 나서야 했기에 2007년 12월 인도네시아 발리에서 열린 제13차 유엔 기후 변화 협약 당사국 총회(COP13)에서 '발리로드맵(Bali Roadmap)'이 채택되었다. 발리로드맵은 교토의정서가 만료되는 2012년 이후의 기후 변화 대응체제(Post-2012체제) 협상의 기본 방향과 목표를 담은 협상 규칙이다. 각국 협상 관계자들은 이후 2년간 추가 논의를 거친 후 2009년 12월 덴마크 코펜하겐에서 열릴 제15차 유엔 기후 변화 협약 당사국 총회(COP15) 이전까지 발리로드맵을 마무리하기로 최종 합의하였다.

발리로드맵에선 모든 나라가 온실가스 감축의무국에 해당한다. 교토의정서에서는 선진국 38개국만이 온실가스 감축의무를 졌지만 발리로드맵에서는 그동안 감축국에서 제외되었던 '개도국'도 온실가스를 줄이는 데 동참하지 않으면 제재를 받게 된다.

또한 발리로드맵은 온실가스 감축에 따른 경제적 피해를 줄이는 데 활용할 '기금 확보'를 명시하고 있다. 이른바 그린머니, 기후적응기금 마련이 처음으로 논의된 것이다. 기후적응기금은 가뭄, 폭풍, 해수면 상승 등 갈수록 심각해지는 기후 위기에 대해 개발도상국이 적응할 수 있도록 돕는 것을 주목적으로 한다. 기후 변화에 책임이 큰 선진국이 국제적 재원을 마련하여 가난한 개도국의 기후 변화 완화와 적응을 지원한다는 취지에서 조성되었다.

키리바시와 같은 작고 가난한 섬나라들이 기후 변화에 효과적으로 적응하기 위해서는 무엇보다 '자금 확보'가 급선무다. 국토 침수에 따른 피해를 복구하고, 기후 변화에 대비하기 위한 기반 시설들을 건설하기 위해서는 막대한 비용이 필요하다. 그러나 해외 원양어선들에게 조업권을 주고 권리금을 받는 것이 주 수입원인 키리바시와 같은 작은 나라는 이를 감당하기가 힘들다.

세계은행은 개발도상국들이 기후 변화의 피해를 줄이기 위해 현재 지출하고 있는 연간 약 80억 달러의 비용이 2030년에는 4천억 달러 규모로 급증할 것이라는 전망을 내놓았다. 기후 변화라는 지구적 재앙에 가장 책임이 없는 나라들이 가장 심각한 피해를 입고 있는 개탄스런 상황에서, 아노테 통대통령은 지구온난화의 가장 큰 희생자인 태평양의 섬나라들을 위한 국제 지원 기금 조성과 같은 현실적 대책 마련을 촉구해왔다.

이런 점에서 발리로드맵에서 처음으로 논의한 적응기금은 기후 변화의 최전선인 키리바시 주민들에겐 희소식이었다. 늦은 감이 있지만 선진국이 해수면 상승으로 수몰 위기에 처한 태평양 섬나라의 심각성을 깨닫고 공동 대응하기로 합의했다는 점에서 중요한 의미를 지닌다.

2009년 12월 코펜하겐에서 기후 변화를 막으려는 세계인들의 염원 속에 제15차 유엔 기후 변화 협약 당사국 총회(COP15)가 열렸다. '역사상 가장 중

"2009년 코펜하겐에서 개최된 기후 변화 협약은
지구 기온 상승을 막을 수 있는 구체적인 협의 없이
실패로 끝났다. 통 대통령은 그 결과에 실망하면서
보다 적극적으로 국제사회의 협의를 이끌기 위해
노력해야겠다고 결심하였다."

요한 2주일'이라는 수식어가 따라다닐 정도로 코펜하겐의 기후 회의는 발리 로드맵을 확정짓는 마지막 해로서 역사적 중요성을 지녔다.

회의를 통해 지구 기온이 산업화 이전보다 2℃ 추가 상승하는 것을 억제하기 위한 선진국들의 구체적인 감축 목표 수치, 개도국들의 감축 행동, 가난한 개도국의 기후 변화 대응을 위한 선진국의 구체적인 기금 지원 방안이 확정될 예정이었다. 키리바시를 비롯한 기후 변화 취약국들은 이 당사국 총회에서 교토의정서를 대체할 새로운 기후 변화 협약이 마련될 것이라는 기대감에 부풀어 있었다.

그러나 코펜하겐 기후 회의는 실패로 끝났다. 온실가스 감축을 위해서는 '중국, 인도 등과 같은 개발도상국이 적극적으로 참여해야 한다'는 선진국의 입장과 '과거 개발 과정에서 선진국이 내뿜은 온실가스에 대해서는 먼저 선진국이 책임져야 한다'는 개발도상국의 주장이 극렬하게 대립하면서 파국을 맞이한 것이다. 아탈 비하리 바지파이 인도 총리는 "개도국의 1인당 온실기체 배출량은 선진국보다 현저히 낮은 수준입니다. 때문에 우리는 지구 환경 자원에 대해 불평등한 권리를 부여하는 것이 민주주의 정신에 부합되지 않는다고 봅니다."며 개도국에 감축 의무를 지우려는 선진국을 맹비난했다.

사실 코펜하겐회의는 미국, 영국, 덴마크 등의 선진국이 '선진국의 온실가스 감축 의무를 규정하고 있는' 교토의정서를 대체할 '덴마크 초안'을 비밀리에 작성하고 있다는 사실이 드러나면서 실패가 예고되어 있었다. 교토의정서의 틀을 벗어나게 되면 개도국도 어떤 형태로든 감축 의무를 져야 한다. 선진국들이 비밀 협상을 벌인 사실을 뒤늦게 알게 된 개도국들은 선진국의 무책임한 행동을 지탄하며 불만을 토로했다. 선진국에 대한 불만을 견디다 못해 아프리카 연합 소속 협상단이 '회의 보이콧'이라는 극한 카드를 꺼내들면서 협상이 최종 결렬됐다. 코펜하겐회의에 참석한 투발루 협상단 대표는 "빠르게 가라앉는 타이타닉호를 타고 있는 느낌"이라고 소감을 밝히기도 했다.

코펜하겐회담 결과는 키리바시에게는 암울한 소식이었다. '가라앉는 타이타닉호'란 키리바시의 상황이었기 때문이다. 통 대통령은 키리바시의 선장으로서 다른 남태평양 국가들과 연대하여 보다 구체적인 행동을 해야겠다고 결심했다. 지구의 미래를 책임질 새로운 기후 변화 협약을 확정짓기 위해서는 좀 더 적극적인 행동이 필요하다고 생각했던 것이다.

타라와 기후 협약을 개최하다

아노테 통 대통령은 코펜하겐 기후 변화 협약 결과에 말할 수 없는 실망감을 느꼈다. 코펜하겐회의에서 구체적인 합의를 이끌어내기 위해 기후취약국들의 연대를 강화하는 등 사전에 많은 준비를 해왔던 그이기에 깊은 충격을 느꼈다.

통 대통령은 코펜하겐회의를 성공적으로 이끌기 위해서는 보다 강력한 호소가 필요하다고 생각했다. 이에 코펜하겐회의 개최 한 달 전인 11월, 몰디브의 모하메드 나시드 대통령과 함께 '기후취약국 포럼'을 창설하였다. 그동안 기후 위기국들은 가난하고 작은 국가 규모 때문에 탄소를 배출하고 있는 선진국들에게 책임 있는 행동을 요청하지 못했다. 통 대통령은 이러한 한계를 극복하기 위해 기후 위기국들이 힘을 모아 연대를 해야 한다고 생각했던 것이다. 몰디브에 모인 11개 기후취약국들은 도덕적 리더십과 자발적인 탄소 중립에 의한 녹색경제를 촉구하는 반도스 선언에 서명하였다.

기후취약국 포럼에서는 기후 위기 해결을 위한 적극적인 '행동'을 촉구하였다. 기후 변화에 대응하지 못하면 전 세계 국내총생산의 1.6%에 달하는 연간 1조 2천억 달러의 비용이 발생하고, 2030년까지 1억 명 이상이 기후 재난으로 목숨을 잃을 수 있다는 보고서도 작성하였다. 그러나 이러한 노력에도 불구하고 코펜하겐회의에서 법적 구속력이 있는 실질적인 합의를 이끌어 내지는 못했던 것이다.

통 대통령은 기후 변화 대응을 위한 구체적이고 실질적인 행동의 지연으로 수백만 명에 달하는 키리바시 주민들이 아무런 보호도 받지 못한 채 방치되고 있다는 사실이 너무 안타까웠다. 선진국들의 무분별한 개발이 세계 최저 탄소 배출국인 키리바시를 수몰 위험에 몰아넣었음에도 이들은 지지

부진한 협상에만 매달릴 뿐 구체적인 행동을 취하지 않는 무책임한 태도를 보이고 있던 것이다.

통 대통령은 코펜하겐회의와 같은 상황이 멕시코 칸쿤회의에서 반복되지 않도록 보다 적극적인 행동을 취하기로 결심하였다. 그는 협약의 당사자들에게 논쟁을 할 시간이 별로 없다는 것을 알려야겠다고 생각했다. 기후 위기를 직접 경험하고 있지 않기 때문에 소극적인 태도를 취하고 있는 협약당사국에게 수몰위기에 처한 남태평양 국가들의 상황을 직접 보게 할 필요가 있다고 판단했다.

"우리가 얼마나 큰 고통을 겪고 있는지 선진국들이 알 필요가 있습니다. 2010년 11월에 지구를 오염시키는 강대국들을 키리바시에 초청하여, 기후 취약 국가의 희생자들을 만나도록 하였습니다."

통 대통령은 멕시코 칸쿤에서 회의가 열리기 전에 키리바시 타라와에서 기후 협약을 개최하였다. 타라와 기후 변화 협약(TCCC)은 2010년 11월 9일부터 10일에 걸쳐 키리바시공화국에서 개최된 회의로, UNFCCC의 후원 하에 기후 위기 취약 국가들과 상대국들 사이의 다자간 협상을 위한 환경을 조성하기 위한 것이었다. 상호 이해의 폭을 넓혀 당사국 간의 다양한 견해차를 줄이고 합의점을 도출함으로써 멕시코 칸쿤에서 개최될 예정인 제16차 유엔 기후 변화 협약 당사국 총회(COP16)에서 키리바시와 다른 기후취약국들을 지원하고자 하는 것이었다.

통 대통령은 회의가 시작되기 전 국가 대표들을 해수면 상승으로 침수되고 있는 해안 지역으로 안내했다. 코코넛 나무가 바닷물에 침수되어 말라죽어가는 모습을 보여주기 위해서였다. 해안 지역 마을이 바다에 잠기는 모습을 본 국가 대표들은 잠시 말을 잊었다. 이후 시작된 회의는 기후 변화에 대한 대책을 논의하는 열기로 가득했다.

피지의 환경부장관인 사무엘라 사마투아 대령은 타라와는 기후 변화 회의 장소로 매우 이상적인 곳이었으며, 이전 기후 변화 협약에서는 경험한 적이 없는 분위기를 느꼈다고 말했다.

"회의 분위기가 매우 유익하고 따뜻했습니다. 코펜하겐에서와는 사뭇 달랐습니다. 각국 대표들이 이런저런 제안을 하고, 구체적인 대안을 논했습니다. 지혜를 모아 이 지구적인 위기를 해결해야 한다는 신중하고도 협력적인 분위기였습니다."라고 말했다.

타라와 기후 협약은 매우 성공적이었다. 참가국들은 기후 변화의 원인과 부정적인 영향의 해결을 위해 더 많은, 즉각적인, 행위에 나설 것을 촉구하는 암보선언에 합의했다. 키리바시의 의회 소재지의 이름을 따 '암보선언'이라고 명명된 이 선언은 제16차 유엔 기후 변화 협약 당사국 총회(COP16)에 제출할 목적으로 체결되었으며, 법적 구속력이 없는 협약이었지만 칸쿤회의에 영향을 주기에 충분했다.

암보선언을 통해 기후 취약 국가들과 중국을 포함한 일부 주요 경제국들의 대표들은 기후 변화의 심각성에 대해 의견을 같이 하면서 효과적인 기후 변화 대응을 위한 18가지 사안에 합의했다. 물론 회의에 참석한 국가들 중 미국, 영국, 그리고 캐나다는 선언에 참여하지 않고 옵저버 지위를 취하여 아쉬움을 남겼지만, 강대국인 중국이 참여해 암보선언에 큰 힘이 실렸다.

암보선언을 통해서 얻어낸 가장 큰 성과는 그동안 국제적 기후 변화 협약을 통해서도 합의에 이르지 못했던 민감한 사안들을 다루어 태평양 군소 도

"타라와 기후 변화 협약은
기후 위기 해결에 선진국이 적극적으로 참여하게 된
변곡점이 되었다."

"암보선언은 기후 위기에 처한 국가를 지원하기 위해
긴급하고 구체적인 행동을 요청하는 것에 합의하여 기후취약국에
실질적인 도움을 주도록 이끌었다."

서 국가들과 같은 기후취약국들의 입장을 재확인 시켜주는 계기가 되었다는 점이다. 회의의 가장 중요한 사안은 '기후 변화 적응기금'에 대한 필요성과 '기후 위기 상황의 긴박함'을 강조하는 것이었다.

아노테 통 대통령은 암보선언이 기후취약국들이 처한 위기를 제16차 유엔 기후 변화 협약 당사국 총회에서 국제사회에 알릴 수 있는 중요한 계기가 될 것이라고 보았다. 통대통령은 암보선언에 대해서 "암보선언이 특히 고무적인 점은 이 선언에 작은 도서 국가들과 취약국가들만 참여한 것이 아니라 호주나 뉴질랜드와 같은 지역 내 선진국들도 참여했다는 점입니다. 또한 그동안 미온적인 입장을 취해왔던 중국이 선언에 참여한 것은 매우 환영할 일이었습니다. 우리는 이번 선언이 멕시코 칸쿤에서 긍정적인 성과를 낳는 데 도움이 되기를 기대하고 있습니다."라고 평가했다.

회의에서 제기된 가장 중요한 사안은 '적응기금의 필요성'이었으며, 통 대통령은 암보 선언의 목적이 이러한 상황의 긴급성을 강조하는 것이라고 말하였다. 통 대통령은 기후 위기는 현재 진행 중인 사안이기에 매우 긴급한 조치가 필요하며 더 이상 국제사회가 이 문제를 외면할 수 없다고 강조했으며, 타라와 기후 협약에 참석한 국가들은 그의 절박한 진심에 공감하였다. 타라와 기후 변화 협약은 기후 위기 해결에 선진국이 적극적으로 참여하게 된 변곡점이 되었다.

암보선언

우리 장관 및 정부 대표들은 2010년 11월 10일 개최된 타라와 기후 변화 회의에 참석하여 기후 변화는 이 시대 최대 난제 중 하나이며, 기후 변화의 원인과 부정적인 영향을 규명하기 위한 보다 즉각적인 대응이 시급함을 인식하며, 다음 선언을 채택하였습니다.

1. 이미 진행되고 있는 지속가능한 발전과 국가의 안보를 위협하는 기후 변화의 위기, 특히 군소 도서국과 최빈국들 그리고 가뭄과 사막화에 민감한 최전선 국가들의 극도로 취약한 생계와 생존의 위협에 대한 경각심을 일깨우고,

2. 인간이 기후 변화를 유발시킴으로써 세계 기후 문제가 점점 악화되고 있다는 최근 과학계의 보고, 특히 해수면 상승, 해양 산성화 및 극심한 기상 이변과 같은 주요인들로 인해 산호섬과 저지대 국가의 국민과 생물 다양성을 위협하고 있다는 부정적인 결과에 주목하며,

3. 인위적으로 발생된 기후 변화는 유엔 기후 변화 협약 참가국들의 광범위한 협력과 현재와 미래의 배출량의 현격한 감량 달성을 위한 개인 및 전 세계적인 노력을 통해 완화될 수 있다는 인식, 그리고 이를 적극적으로 추구하기로 동의하고,

4. 유엔 기후 변화 협약과 교토의정서, 발리로드맵 권한의 원칙·조항들과 코펜하겐협정의 정치적인 이해 형성을 위한 지속적인 노력을 표한다.

5. 협약의 목적을 달성하기 위해 필요한 법적인 합의를 하고, 인류 특히 가장 취약한 최전선 국가들의 미래를 보호하는 이 협상의 빠른 진행을 위해 모든 참가국들의 협력을 요청하기 위한 유엔 기후 변화 협약 내부적인 국제적인 협상들에 대한 깊은 관심을 보이고,

6. 실행이 될 경우, 개발도상국들 특히 군소 도서국과 최빈국들 그리고 가뭄과 사막화에 민감한 최전선 국가들의 취약성을 감소시키고 회복력과 적응력을 강화시킬 요소들과, 즉각적인 대응의 기초 형성에 대한 협상에는 공통분모가 있다는 것을 인정한다.

7. 생물 다양성의 손실과 감소로 인한 최전선 취약국들의 생계와 복지의 변화에 대한 영향과, 또한 토지 손실로 인해 증가된 배출량에 대해 깊은 우려를 표하고,

8. 지속적인 적응과 완화의 선택권과 안정적인 생물 다양성 유지와 낮은 비용의 관계를 인정하며, 모든 나라들이 그들의 기후 회복력을 높이기 위한 생물 다양성의 관점을 가지고, 경제적이며 친환경적이고 최전선 취약국들의 지속적인 발전을 위한 상황을 조성하며, 더 나아가 '2011~2020 생물 다양성 전략 계획'을 포함한 '2011 생물 다양성 협약 당사국 총회(CBD COP 10)'의 결과를 이행하는 조약들을 지지한다. 그리하여 우리는 기후 변화의 원인과 영향을 규명하는 공동의 노력을 발전시키는 결의안을 선언하고,

9. COP16(칸쿤회의)에서 협의될 참가국들의 공통분모를 반영하고, 협약과 발리 행동 계획의 원칙과 조항들에 일치되고, 최전선 취약국들을 도울 수 있는, 구체적이고 즉각적인 이행을 위한 '긴급 패키지' 결정을 요청하고,

10. 기후 변화 재정의 지속적인 지원 증가를 위한 늘어나는 노력과 약속

을 환영하며, 기후 변화의 현재와 앞으로 예상되는 영향들을 해결하기 위해 선진 참가국들에게 새롭고 추가적이며 적절하고 예측 가능하며 지속 가능하고 명확하고도 투명한 재정 자원과, 개발도상 참가국, 특히 최전선 취약국들에게 계획을 만들 것을 요청하고,

11. 협약에 따라 형성된 새로운 기금은 가능한 한 빨리, 적응과 완화 간의 균형된 자원의 할당에 대한 향상된 접근을 확신시키며, 최전선 취약국들의 특수한 상황을 고려하는 효율적이고 투명한 제도 정비가 가능해야 함을 인정하고,

12. 새로운 기금은 기후 변화의 부정적인 영향에 대해 반드시 개발도상국, 특히 최전선 취약국들의 특수한 상황을 위해 대비해야 함을 인정하고,

13. 손망실에 관한 환경적이고 경제적인 비용을 규명하고 최소화하기 위해, 재해 위험에 관련된 기후 변화를 계획하고, 대비하며 관리하는 역할을 수행하는 국제적인 기구 설립을 유엔 기후 변화 협약의 참가국들에게 요청하고,

14. 기후 변화의 부정적인 영향에 대해, 개발도상국들 특히 최전선 취약국들이 회복력을 형성하고 취약성 감소를 도울 수 있는, 국가 중심의 기관 강화와 구체적이고 우선적인 적응의 구현을 도울 것을 유엔 기후 변화 협약의 선진 참가국들에게 요청하고,

15. 극심한 이상 기후 변화로 발생되는 부정적인 영향의 결과인 국경선 내외의 난민들을 보호하기 위해, 지시된 전략과 행동의 이행과 개발에 대한 검토를 지원하고,

16. 국제적인 배출량의 급격한 감소와 완화에 기여하며, 기후 변화의 부

정적인 영향에 적응하는, 능력 형성과 우선적인 기술 이전의 이행을 지지할 것을 요청하고, 앞으로 개발도상국가들은 선진 참가국들에게 환경적으로 안정적인, 완화와 적응 기술을 지원받아야 하고,

17. 선진 참가국들에게, 기후 변화의 위기를 직면하고 있는 최전선 취약국들의 능력 형성과 기술 이전의 요구 사항들과 우선순위들을 지원할 것을 요청하고,

18. 유엔 기후 변화 협약의 모든 참가국들에게, 기후 변화 위기의 시급성을 인식하며, 발리로드맵의 권한과 코펜하겐 협정의 정치적인 이해에 의거한 결과물을 합법적으로 결속시키는 시기적절한 결론을 위한, 명확한 권한을 부여할 수 있는 COP16(칸쿤회의)의 구체적인 결정을 도울 것을 요청한다.

Tarawa Climate Change Conference

"암보선언이 특히 고무적인 점은
이 선언에 작은 도서 국가들과 취약국가들만 참여한 것이 아니라
호주나 뉴질랜드와 같은 지역 내 선진국들도 참여했다는 점입니다.
또한 그동안 미온적인 입장을 취해왔던 중국이 선언에 참여한 것은
매우 환영할 일이었습니다."

칸쿤회의에서 국제사회의 합의를 이끌다

칸쿤회의(COP16)는 193개국이 최종 발표문에 합의하는 큰 성과를 거두게 되었다. 개최 전부터 코펜하겐회의 이후 선진국과 개도국 간 현격한 입장 차이가 좁혀지지 않아 온실가스 감축에 대한 구체적인 합의에 이르기 어려울 것으로 예상했던 우려를 뒤집는 긍정적인 결과였다.

먼저 참가국들은 지구 평균 기온 상승을 산업혁명 이전보다 2℃, 450ppm 이상 상승시키지 않기 위해서 온실가스를 대폭 감축하는 행동에 시급히 나설 것과 이를 위한 장기적 협력을 교토의정서가 만료되는 2012년 이후에도 지속할 것임을 천명했다. 더불어 장기 목표로 지구 평균 기온 상승을 1.5℃ 이하로 제한할 필요성을 인식하고 2050년까지 달성할 지구적 차원의 획기적 감축 목표와 온실가스 정점 달성의 시간 계획을 2011년 더반회의(COP17)에서 설정하는 것을 고려하는 데 동의했다.

칸쿤회의에서 합의된 온실가스 감축 방안은 크게 선진국의 감축과 개도국의 감축으로 나뉜다. '선진국의 감축'은 수량적 감축 목표 설정과 함께 측정·보고·검증이 가능한 감축 공약과 행동이 적정해야 하고, 자국의 실정을 고려해 선진국 간에 상응한 노력을 해야 한다고 규정하고 있다. '개도국의 감축'은 자발적 감축 목표를 정해 기술, 재정 및 능력 형성을 위한 지원을 받아 지속가능한 개발 측면에서 측정·보고·검증이 가능한 감축 행동을 한다고 밝혔다.

2009년 코펜하겐 COP15 협약에서 선진국의 감축 공약은 유엔의 공식 절차와는 무관한 유의 사항이었다. 그러나 칸쿤 협약은 각 나라의 감축 공약이 유엔의 공식 문서로 남겨져 한층 더 구속력이 높아졌고 감축 행동을 강화했다. 10년 안에 온실가스 배출량을 1990년 대비 25~40% 감축해야 한다는 과학자들의 권고를 인정하고, 선진국은 국가 단위 감축 목표를 정량화된 수치로 제시하고, 개도국은 2020년까지 BAU 대비 감축 비율을 목표로 하는 자발적 감축 행동(Nationally Appropriate Mitigation Actions: NAMA)에 나서기로 했다.

칸쿤회의의 가장 주요한 성과는 '녹색기후기금(Green Climate Fund)'조성에 합의한 것이다. 기후 변화에 대한 국가별 입장이 상이해 구체적인 기금 지원에 합의하기 어려울 것으로 예상되었던 것과 달리 이에 합의할 수 있었던 것은 타라와 기후 협약의 영향으로 분석되었다. 퉁 대통령의 적극적이고도 절박한 요청이 국제사회를 움직인 것이다.

칸쿤회의 합의에 따라 선진국은 개도국의 산림보호 조처와 청정에너지 기술 이전 등 기후 변화 대응을 돕기 위해 단기 기금으로 2010~2012년 300억 달러를 조성해 취약한 개도국에 우선 지원하기로 하였으며, 장기 기금으로 2013~2020년까지 매년 1,000억 달러씩 지원하되 상당 부분을 녹색기후기금으로 충당하기로 했다. 기금의 운용은 선진국과 개도국 각 12명씩 모두 24명의 이사국으로 구성되는 별도의 기구가 담당하되, 출범 후 3년 동안은 세계은행이 신탁방식으로 실무 운영을 맡고 인수위원회(Transitional Committee)가 녹색기후펀드를 설계해 더반회의(COP17)에 제출하기로 했다. 이후 녹색기후기금은 개발도상국의 온실가스 감축과 기후 변화 적응을 지원하기 위한 유엔 산하 국제기구로 설립되었다. 녹색기후기금은 기후 변화에 대한 개도국의 취약성을 극복하기 위해 국제사회가 공동으로 행동한 데에 큰 의미를 지닌다.

이밖에도 칸쿤회의는 기후 변화 적응을 지원하기 위한 가이드라인과 함

"타라와 기후협약은
칸쿤회의(COP16) 참가국들이 협의에 이르는 데 큰 영향을 미쳤다.
국제사회는 칸쿤회의에서 기후 취약국들을 지원하기 위해
공동으로 적극 협력할 것을 약속했다."

께 칸쿤적응체계(Cancun Adaptation Framework)의 도입에 합의했다. 이 체제의 핵심은 개도국의 기후 변화 대응 능력을 배양하고 적응력을 지방정부 수준까지 지원할 수 있도록 적응위원회(Adaptation Committee)를 구성한다는 것이다. 이 위원회는 기후 변화 대응 행위가 가져올지 모르는 부정적인 사회 경제적 결과를 피하기 위한 협력과 이를 위한 포럼을 제공하기로 결정했다. 개도국을 지원하기 위한 금융, 기술, 위험 분배와 보험 등 위험 관리 및 감소 능력 배양에 힘쓰며 특히 최빈개도국과 군소 도서국 등 기후 변화에 취약한 개도국의 적응 활동에 국제적 협력을 하기로 한 것이다.

또한 기후 변화 대응을 위한 기술 이전에도 합의하였다. 지역 기술 개발의 허브 구실을 담당하게 될 기후기술센터네트워크(Climate Technology Center and Network)로 이루어지는 기술메커니즘(Technology Mechanism)을 설립하고 기술실행위원회(Technology Executive Committee)의 관리·감독을 받도록 했다. 이러한 기술 이전은 직접적인 기술 제공보다는 각종 프로젝트와 혁신을 돕기 위해 전 세계를 연결하는 네트워크 형태로 이뤄지게 된다. 기술 이전 장벽을 해소하고 환경 친화적 기술의 보급과 R&D에 협력하기로 하였으며 개도국이 국가적, 지역적 차원에서 내재적 역량을 강화하도록 합의하였다.

더불어 선진국의 재정적 보상으로 열대우림을 보호하는 산림 훼손 방지에도 합의하였다. 산림 훼손으로 인한 온실가스 배출량은 전 세계 배출량의 15%가량 된다. 선진국이 개발도상국의 산림 보호를 지원하게 되면서 브라질, 콩고, 인도네시아 등의 열대우림을 보호할 수 있는 방안이 마련되었다는 데 의의가 있다.

많은 학자들은 칸쿤회의에서 이렇게 기후 변화에 대처할 수 있는 구체적인 협약이 이루어진 것은 아노테 통 대통령의 숨은 노력이 있었기 때문에 가능했다고 말한다. 기후 변화에 대응하기 위한 주요 선진국들과 개발도상국들의 포괄적인 협의체인 타라와 기후 변화 협약이 사전에 성공적으로 이루어졌기 때문에 태평양 군소 도서 국가들과 같은 기후취약국의 입장을 대변할 수 있는 긍정적인 국제 분위기가 조성되었다는 것이다.

물론 칸쿤회의 이후에도 가야 할 길이 많이 남아있지만, 이 회의가 코펜하겐회의보다 구체적인 협의를 이끌어 냈으며, 중국을 중심한 협약 당사국들의 태도를 변화시켜 온실가스 감축의 측정·보고·검증 등 주요 쟁점에 대한 선진국과 개발도상국의 타협점을 마련했다는 평가다.

존엄한 이주를 추진하다

기후 위기를 해결하기 위한 전 지구적인 노력에도 불구하고, 기후 변화의 여세는 지속될 전망이다. 기후 변화에 관한 정부 간 패널(Intergovernmental Panel on Climate Change: IPCC)은 온실가스 배출의 실질적인 감축과 완화 노력에도 불구하고 이미 대기 중에 있는 온실가스의 농도가 향후 지구 기후를 심각하게 변화시킬 것으로 전망하고 있다. 이는 키리바시와 같은 저지대 국가들이 직면할 재난의 위기가 더 심각해진다는 것을 의미한다.

아노테 통 대통령은 기후 변화의 위기감을 날마다 피부로 느끼고 있다. 이미 키리바시는 33개의 섬 중 2개의 섬이 물에 잠긴 상태이며, 수도 타라와 주변을 제외하고는 대부분의 섬에 바닷물이 침범해 농사를 지을 수 없는 죽음의 땅으로 변해가고 있다. 그는 키리바시의 상황이 더 이상 돌이킬 수 없는 재난 속에 있다고 판단하고, 국토 전체가 바닷속에 잠기기 전에 국민들을 안전하게 보호할 수 있는 현실적인 전략을 모색하였다.

아노테 통 대통령은 키리바시 국민들이 기후 난민이 되는 것을 원치 않았다. 그는 무슨 일이 있더라도 자국민들이 인간으로서의 품위를 상실하고 존엄성을 가지지 못한 채 난민이 되는 것을 막아야 한다고 생각했다. 아직 기회가 있고 시간이 있는 상황이기에 대비를 할 수 있었다.

통 대통령은 키리바시가 맞닥뜨린 위기가 키리바시 정부의 무능이나 나태에 있지 않고, 세계열강들의 무분별한 환경 파괴와 대응책 마련 합의 도출 실패에 있다는 것을 강조하였다. 고국이 물에 잠기는 상황이 되면 어쩔 수 없는 고향을 떠나야겠지만, 무슨 일이 있더라도 인간으로서의 존엄성은 유지해야 한다고 생각했다.

그가 제일 중요하게 생각하는 것은 국민이다. 대통령의 가장 중요한 책무가 국민을 보호하고 섬기는 데 있다고 보았기 때문에 "우리 국민들의 '존엄성'만은 지키고 싶다. 난 그들이 '난민'이 아닌 '인간'으로서 존중받기를 바란다."고 국제사회에 호소하고 있다.

통 대통령이 선택한 방법은 '존엄한 이주'였다. 기후 변화에 대한 적응 전략이 극도로 한정되어 있기 때문이다. 정부에서 제방을 건설해 연안을 보호하고 있지만 기후 변화로 인한 피해를 막기에는 한계가 있었다. 사유재산을 보호할 국가 자원이 없을 뿐 아니라 환초로 이루어진 키리바시에는 이동할 수 있는 고지대도 없기 때문이다.

'존엄한 이주'라는 말은 국민들이 전문 훈련을 통해 기술을 갖추어 존중받는 이주민이 될 수 있도록 체계적으로 준비를 한다는 의미이다. 전문 기술을 가진 사람이라면 어느 사회에 가더라도 그 사회에 공헌하는 가치 있는 시민으로서 환영받을 것이다. 통 대통령은 "그들이 어떤 사회에 가기로 결정을 하든 결코 짐이 되지 않을 것입니다. 이 사회 안에서 특별대우를 바라는 이류 시민이 아니라 존엄한 시민이 될 것입니다. 어디를 가든 저는 그들이 평안함을 얻고 긍지를 느끼며 어떤 상황을 마주하든 존엄성을 잃지 않기를 바랍니다."라고 존엄한 이주가 필요한 이유를 밝히고 있다.

그는 국민들이 자신의 재임 기간에는 이주할 필요가 없지만 장기적으로 최악의 상황에 대비할 수 있도록 이주 전략을 마련해야 한다는 결론에 이르렀다. 그는 최악의 상황에 대비할 수 있도록 준비해주는 것이 대통령의 몫이라고 보았다. 만약 큰 재난이 닥친다면 10만 명의 키리바시 국민 전원이 한날갑자기 이주를 할 수 없기 때문이다. 장기적인 대비는 매일 조금씩 더 잠기어가는 국토에서 살아야 하는 키리바시 국민들의 스트레스와 공포를 줄여줄

"통 대통령은 키리바시 국민들이
기후 난민이 되어 존엄성을 잃어버리고 외국에서
소외된 생활을 하는 것을 원하지 않았다.
수몰 위기에 대비하여 존엄한 이주를 할 수 있는
장기적인 방안을 모색하였다."

수 있다고 생각했다.

우선 통 대통령은 해수면 상승으로 인한 침수 가능성에 대비하여 이주할 수 있는 국토를 마련하였다. 국민들의 식량공급과 생활 터전 확보를 위해 피지의 국토 중 바누아 레부(Vanua Levu)에 약 2,428만 m^2 를 매입하였다. 그곳은 람비(Rambi)와 키와(Kiwa) 섬에서 가까운 곳으로 수년 전 태평양 섬으로부터 온 사람들이 이미 이주를 한 곳이다. 이들은 키오와(Kiowa) 섬에도 이주해 지역사회를 구축했는데 피지는 그들도 후원하고 있다. 람비에는 고등학교가 하나, 초등학교가 3개 있는데 키리바시 이주민들이 학교를 잘 운영해 나가고 있다.

나린 피지 교육부 차관은 "최근에 람비를 방문해 봤는데 좋은 기간시설이나 설비는 없지만 이주민들은 자신들의 공동체가 안전을 보장받고 자신들의 문화가 번영한다는 사실에 만족해하고 있습니다. 교육체계도 좋습니다. 우리는 람비 본토와 람비 사람들이 사랑하는 사람과 더불어 살면서 자신들의 공동체 안에서 스스로를 교육할 수 있도록 최선을 다하고 있습니다."며 긍정적으로 바라봤다.

통 대통령은 피지 국토 매입 후 피지를 방문했을 때 한 라디오 방송에 출연하여 키리바시 국민의 이주가 소수의 훈련된 기능직 노동자부터 시작될 것이라고 설명하였다. 다른 사람들도 그와 비슷한 훈련을 받고 있으므로 이주민을 받아들이는 나라에게도 도움이 될 것이라며 존엄한 이주 계획을 강조하였다. 그는 "키리바시 주민 10만 명이 한꺼번에 피지로 가겠다는 것이 아닙니다. 그들은 난민으로서가 아니라 기술을 가진 이주민으로서 직업을 구할 것이며, 지역사회에서 안정적인 자리를 찾게 될 것입니다."라고 피지 이주

계획을 설명하였다.

그는 앞으로 더 많은 국토를 매입할 계획이다. 해수면이 상승하면 국토가 좁아지기 때문에 매입할 수 있는 국토도 그만큼 줄어들게 된다. 매입할 수 있는 국토가 더 줄기 전에, 가격이 더 오르기 전에 안전한 임야 지대의 국토를 매입하는 것이 그의 계획이다.

그러나 키리바시 국민들은 다른 곳으로 이주하고 싶어 하지 않는다. 침수의 공포가 있지만 조상 대대로 살아온 국토를 버리고 알지 못하는 낯선 나라의 임야 지대로 이주한다는 것은 상상할 수 없는 일이다. 누구보다 키리바시를 사랑하는 통 대통령은 이런 국민들의 마음을 잘 알고 있다.

"지금 당장 이주를 하는 것이 아닙니다. 이주할 수밖에 없는 순간이 올 때 이주를 하려는 것입니다. 국토를 매입하는 것은 키리바시 국민들에게는 보험과 같습니다. 일어나지 않으면 좋지만 쓰나미와 같은 해일이 일어나면 태국 푸켓의 피피 섬과 같이 한순간에 키리바시 전체가 바닷속에 잠길 수도 있습니다. 그런 일이 일어난 다음에 대책을 세운다면 아무 소용이 없기 때문에 먼저 이주할 수 있는 안전한 국토를 확보해 놓는 것입니다."

2004년 인도네시아 수마트라 섬 아체주 앞바다에서 규모 9.3의 강진에 이어 강력한 해일이 발생해 태국에서만 8,200여 명이 사망하는 등 인도양에 인접한 국가에서 총 23만여 명이 희생되는 참사가 발생했다. 이 쓰나미로 태국 푸켓의 피피 섬은 바닷물에 잠겨 버렸으며 해일이 지나간 후 죽음의 섬으로 불렸다. 피피 섬은 아름다운 자연으로 영화 '더 비치'와 '컷스로트 아일랜드', 007 시리즈인 '황금총을 든 사나이'의 배경이 되기도 한 섬으로 세계적인 휴양지였으나 모든 주택이 물에 잠기고 거주민 전체가 죽는 비극의 섬이 되고 말았다.

통 대통령에게는 인도양에서 일어난 일이지만 안심할 수만은 없는 심각한 참극이었다. 키리바시의 해수면은 점점 더 상승하고 있으며 해일은 예고 없이 찾아올 수 있기 때문이다. 경제적으로도 다른 투자와 비교해 보았을 때 국토를 매입하는 것이 제일 위험이 낮은 대비책이며 장기적인 대비가 될 수 있기에 그는 피지 이외에 호주나 뉴질랜드 등의 토지를 매입하는 것도 고려하고 있다.

존엄한 이주를 위한 두 번째 전략은 이주를 위한 교육을 지원하는 것이다. 키리바시 국민들은 바다에서 어업을 하면서 살아왔다. 만약 이주를 하게 된다면 이주한 곳에서 생활할 수 있는 현실적인 능력이 없기 때문에 이주 국가에서 난민으로 취급될 수도 있다. 환영받지 않는 난민은 대규모 이주가 불가능하고 장기적인 비극으로 이어지기에 통 대통령은 키리바시 국민들이 환영받는 이주를 할 수 있도록 대비하고 싶었다.

이를 위해 그는 키리바시 국민들이 경쟁력과 시장성을 갖출 수 있도록 전문적인 교육 시스템을 체계화하였다. 키리바시 국민들이 이주를 선택할 때 불안한 기후 난민으로 보호받는 것이 아니라 이주국에서 필요로 하는 질 높은 노동력을 갖춘 존엄한 이민자로 대우받을 수 있도록 다양한 직업훈련과 어학 교육을 실시한 것이다.

통 대통령은 과실 수확 및 원예 산업 분야에서 계절적 일자리를 제공하는 뉴질랜드의 계절노동자 인증(RSE) 계획과 호주의 태평양 계절노동자 시범사업(PSWPS)에 서명하였다. 또한 호주는 최근에 태평양 사람들의 지역 및 국제노동시장 접근을 돕기 위해서 호주표준자격 획득을 목표로 '호주 태

"존엄한 이주를 위해
통 대통령은 국민들이 호주 등 다른 국가로 이주할 수 있도록
교육을 지원하고 있다. 교육 받은 키리바시 국민들이
환영받는 이주를 할 수 있도록 대비한 것이다."

평양 기술전문대(Australia Pacific Technical College)'를 신설하였는데, 그중에서도 호주 간호사 자격증 취득과 현장 경험을 목표로 80명의 키리바시 국민이 호주에서 간호사 훈련을 받는 키리바시-호주 간호 사업에도 합의하였다.

또한 '태평양접근 범주계획(Pacific Access Category Scheme)'에 따라 뉴질랜드에 매년 키리바시 국민 75명의 이주가 가능하도록 하였다. 그러나 이 이주 계획이 실시된 이후 한 번도 정원을 채운 적은 없다. 키리바시 사람들이 모국을 떠나고 싶어 하지 않기 때문이다.

그러나 통 대통령은 키리바시 젊은이들이 지속적으로 이주프로그램에 참여하여 키리바시의 미래를 대비하기를 원하고 있다. 이주할 국가에 키리바시 젊은이들이 먼저 가서 노동력을 제공하고 이주 기반을 만들어 놓으면 이주국에서도 잠재적인 새 보금자리를 제공할 수 있기 때문이다. 이런 기반이 형성되면 키리바시 국민들이 이주를 선택할 때 좀 더 가치와 위엄을 가지고 이주할 수 있을 것이다.

통 대통령이 이주를 준비한다고 해서 키리바시의 주권을 포기한 것은 아니다. 그는 어떤 형태나 규모로라든 계속 키리바시를 지킨다는 약속을 가슴에 품고 있다. 한 조각의 국토라도 있다면 여전히 키리바시는 존재하는 것이다. 통 대통령은 여전히 키리바시의 고향과 영토가 사라지지 않도록 최선의 노력을 다하고 있다. 10만 명의 국민이 다 같이 살 수 없을 만큼 작은 국토라도 배타적 경제수역과 영유권 등을 유지할 수 있을 정도의 작은 국토라도 가지고 있어야 하는 것이다. 바다에 잠겨가는 국토라도 해양 자원이 있는 한 배타적 경제수역인 해상권을 수호하며 키리바시를 하나의 국가로 지키는 것이 통 대통령의 포기할 수 없는 꿈이다.

통 대통령은 다만 이러한 이주 전략이 기후 변화에 대한 최악의 시나리오라고 지적한다. 국가 지도자로서 최악의 시나리오를 대비하는 것이 그의 책임이라는 것이다. 이러한 통 대통령의 전략은 기후 난민의 인권과 사회적 권리를 보장하는데 크게 기여한 것으로 평가받고 있다.

자국의 이익을 포기하고 바다 환경을 보호하다

아노테 통 대통령은 2006년 3월, 뉴잉글랜드 아쿠아리움 및 세계보존협회와 함께 408,250km² 크기의 세계 최대 해양 보호 구역인 피닉스 제도를 해양 보호 구역(Phoenix Islands Protected Area: PIPA)으로 설정했다. 피닉스 제도는 호주와 하와이의 중간쯤에 위치한 중부 태평양의 키리바시 공화국에 위치하고 있다. 비교적 환경오염이 진행되지 않은 PIPA는 408,250km²(157,630 평방마일)의 크기로 키리바시의 배타적 경제수역(EEZ)의 11.34%를 차지하며 태평양에서 가장 큰 해양 보호 구역(MPA)이다.

세계의 다른 지역에서 멀리 떨어진 위치 덕분에 이 지역은 인간의 피해로부터 비교적 자유로워 풍부한 생물 다양성을 가진 곳이기도 하다. 세계 다른 지역에서 대부분 멸종한 산호, 상어, 능성어, 다랑어, 대왕조개 등의 동물들이 건강하고 풍부하게 번식하고 있는 지역이다.

또한 이 지역에는 지구에서 마지막으로 남은 온전한 해양 산호군도 생태계가 존재하는 곳이기도 하다. 산호초는 생명체들로 가득하고 열대의 상공에는 바닷새들이 살고 있다. 이곳에는 몇 가지 새로운 종을 포함하여 514종의 암초어류가 서식하고 있으며 PIPA의 8개 섬 중 다섯 곳이 현재 국제조류보호협회에 의해 중요 조류 서식지로 지정되어 있다. 현재 19종의 바닷새들이 섬에 서식하고 있으며, 슴새와 얼룩바다제비를 포함한 많은 바닷새들이 호주와 뉴질랜드로부터 PIPA를 통과하여 이동한다. 이 지역은 지구 상에서 가장 온전하게 보존된 지역들 중 하나이다.

키리바시는 경제적으로 대부분의 국민이 어업에 종사하면서 피닉스 제도를 활용해왔다. 지속가능한 발전을 위해 피닉스 제도를 제한적으로 이용하면서 해양 자원을 돌보는 일을 해왔다. 그러나 산업화가 진행되면서 지구 반

"통 대통령은 인류의 미래를 위해
피닉스 제도를 해양 보호 구역으로 설정하여
해양 생태계와 산호군 등을 보존하기로 하였다.
기후 변화에 대처하기 위해
키리바시의 국익을 희생하기로 한 것이다."

대편에서 배출한 이산화탄소 때문에 바다는 산성화되기 시작했다. 그리고 키리바시 사람들의 생활을 지속시켜주던 바다의 기능이 변화되기 시작했다. 오염된 바다는 키리바시 사람들의 삶을 위협하기 시작했으며 더 이상 안전하고 지속 가능한 삶을 유지할 수 있다는 확신을 주지 못했다.

오염되고 있는 바다의 문제를 해결할 수 있는 대안은 무엇인가? 통 대통령은 지구온난화로 인한 기후 변화를 단독으로 해결할 대안은 그 어떤 국가도 가지고 있지 않다고 지적한다. 결국 기후 위기는 국제사회가 하나 되어 해결해야 하는 문제인 것이다. 통 대통령은 지구의 일원으로 모든 사람은 기후 위기에 책임이 있으며 이 문제를 해결하기 위해 동참해야만 한다고 보았다. 그러나 세계는 1990년대 이후 이익을 우선시하는 경쟁 체제가 되어 무한이기주의를 양산하고 있다. 인류 공동 소유인 지구가 주는 혜택에 감사하지 못하고 이기적으로 지구를 파괴하면서 경쟁적으로 이익을 추구하고 있는 것이다.

안타까운 것은 통 대통령에게 이러한 문제에 대해 영향력 있는 제안을 할 수 있는 힘이 없다는 것이다. 그는 강한 군사력이나 다른 국가를 압도할 수 있는 경제력은 없지만 경제가 환경을 파괴하지 않고 인권을 보호하면서 성장할 수 있다는 것을 보여주고자 했다. 희생을 대가로 한 성장은 진정한 성장이 아닌 것을 일깨워주고 싶었다.

이러한 생각을 국제사회에 강하게 전하기 위해 그는 PIPA를 설정하였다. 어업에 주로 의존하는 키리바시 경제로서는 해양 보호 구역을 설정하는 것이 쉬운 일이 아니다. 어업에 종사하는 국민들의 반대도 심했지만 통 대통령은 기후 변화에 대처하기 위해서는 자기희생적 자세가 필요하다는 것을 보여주고자 하였다. 그는 먼저 키리바시의 바다 보호를 위해 경제적 이익의 일부를 포기하였다. 그는 지구의 자원 보호를 위해 국제사회가 동참할 수 있도록 먼저 자신의 국가부터 희생적 결단을 내린 것이다.

키리바시는 PIPA를 유지할 여력이 충분치 않지만 지속가능한 미래 자원을 확보하고 해양 자원을 보호하기 위해 통 대통령은 큰 도덕적 결단을 하였다. 그는 "PIPA의 지정은 다른 국가들도 해양보호를 하도록 격려하기 위한 것이었습니다. 설령 그럴만한 역량이 안 되더라도 뭔가 해야 한다는 것을 느끼게 하고 싶었습니다. 우리는 국제사회가 그 외 다른 노력을 하도록 요청하기 위해 희생하기로 했습니다."라고 당시를 회상하였다.

이어 통 대통령은 2008년 PIPA를 확장하여 150,000 평방마일(390,000km²)의 '피닉스 제도 해양 구역을 어획 및 기타 채굴을 금지하는, 완전히 보호되는 해양 공원'으로 선언하였다. 이후 피닉스 제도 보호 구역은 국제 연합 세계유산으로 지정되었으며, 2009년 1월 30일 키리바시공화국은 피닉스 제도 보호 구역의 국제 연합 교육 과학 문화 기구(UNESCO) 세계유산 등재를 신청하였다. 이것은 2000년에 키리바시가 협정을 비준한 후의 첫 신청이었다. 2010년 8월 1일, 브라질 브라질리아에서 개최된 제34차 세계유산위원회 회의에서 PIPA의 세계유산 등재가 결정되었다. 이로써 PIPA는 세계에서 가장 크고 가장 깊은 세계유산이 되었으며 통 대통령은 피닉스 제도 보호 구역이 "국제사회에 중요한 기여를 하는 것은 물론 국제사회가 행동에 나서기를 희망하는" 의도를 담고 있다고 주장하였다.

이 구역은 현재 세계 최대의 해양 보호 구역으로서, 세계의 다른 어떤 지역에서도 존재하지 않는 일부 종의 중요 해양 서식지를 포함하고 있다. 이후 통 대통령은 더 큰 계획을 염두에 두고 2009년 섬과 산호, 공해, 그리고 심해 생물을 포괄하는 대규모 해양 지역의 보호를 위해 구상된 태평양 해양 경관을 창설하였다.

키리바시의 아노테 통 대통령은 태평양 도서 국가들이 약 4,000만km²에 달하는 해양 지역을 상호 협력 하에 지속가능하게 관리하는 태평양해양경관을 착안하였다. 세계보존협회(CI)의 지원 하에 구상된 태평양해양경관은 2009년 키리바시에 의해 태평양도서국포럼에 도입되었다. 1년 후, 해양 지역에서의 협력을 위한 기본 협약이 발의되어 15개 참가국 정부에 의해 만장일치로 채택되었다.

다수의 참여 국가들이 작은 영토를 가진 도서 국가이지만 광활한 배타적 경제수역(EEZ)을 가지고 있는 거대한 해양 국가이다. 키리바시의 경우, EEZ와 국토의 비율은 자그마치 4,890:1이다. 태평양해양경관의 국가들을 모두 합치면 세계 해양 표면의 약 10%를 차지하는데, 이것은 미국의 4배에 이르는 면적이다. 이 지역은 세계 최대의 다랑어 어획고를 포함하며, 세계 다랑어 어획량의 거의 절반을 제공하는 경제적으로 중요한 수역이다. 또한 이 지역은 기후 변화로 인한 해수면 상승의 영향을 가장 먼저 체험하고 있는 키리바시 같은 나라의 주민들이 거주하는, 생태학적으로 민감한 수역이기도 하다.

PIPA는 또한 태평양해양경관(Pacific Oceanscape) 영역 내 공식적인 보호 구역 설정의 기준이 되었다. 2011년, 쿡 제도는 키리바시의 영향을 받아 쿡제도해양공원의 설립을 약속하면서 태평양해양경관(Pacific Oceanscape)을 지속적으로 지지하겠다고 하였다. 현재 세계보존협회(CI)를 비롯한 협력

"태평양해양경관은 지구의 터전을
미래 세대를 위해 보호하겠다는 약속이다.
참여국들은 세계 각국의 협력을 받아
인류의 터전을 보호할 것이다."

단체와의 논의 하에 구상 중인 해양 공원은 쿡 제도의 전체 해양 영토의 절반을 차지하며 1백만km²가 넘는 규모로 2012년 정부에 의해 승인되었다. 호주가 해양 경관의 기금 마련을 위해 2,500만 달러를 제공하겠다고 약속한 후 2달 만에 이루어진 이러한 조치는 태평양해양경관(Pacific Oceanscape)의 추진력과 정치적 의지가 계속해서 커져가고 있음을 보여주는 사례이다.

최근 2014년 6월, 아노테 통 키리바시 대통령은 2014년 12월 31일부터 피닉스 제도 보호 구역 내에서 수요 충족을 위한 생계 어업에 의존하는 한 섬만 제외하고 모든 어획을 폐쇄한다고 발표했다. 이러한 폐쇄 조치는 다랑어 및 다른 해양 자원의 보존 관리의 중요한 시험대가 될 것이다.

34년 동안 해양 생물학자이자 환경보호론자로 활동하고 있는, 세계보존협회(CI)의 수석부회장 겸 수석해양연구원인 그렉 스톤 박사는 이보다 더 혁신적이고 야심찬 해양 보호 조치는 한 번도 본 적이 없다고 말했다.

그는 "태평양해양경관(Pacific Oceanscape)은 중대한 분기점이 되는 사건입니다. 우리가 지구 상에서 가장 큰 해양의 한 부분을 놓고 '이제부터 이곳을 지속가능하도록 관리할 것이며, 이 지역 사람들의 복지를 증진시킬 수 있는 방법으로 관리할 것이다.'라는 의미니까요."라고 평가했다.

태평양해양경관(Pacific Oceanscape)의 튀로마 네로니 슬레이드 위원은 이러한 획기적 조치가 실용주의를 기반으로 하는 것이라고 생각한다. "우리의 터전을 보호하겠다는 우리 자신에 대한 약속입니다." 태평양해양경관(Pacific Oceanscape) 참여국들은 세계 각지로부터의 도움을 바탕으로 인류의 터전을 보호하기 위해 노력하고자 하는 증거가 되고 있다.

이 지역의 풍부한 해양 생태계를 보호·보전하기 위해 PIPA 전체를 고립

시킴으로 인해 키리바시는 어장 수입에서 연간 약 4백만 달러의 손해를 보는 것으로 추정된다. 연간예산의 40% 정도를 입어료(入漁料)에 의존하는 키리바시에게 이러한 경제적 손해는 쉬운 일이 아니다. 이러한 결정은 힘든 일이었지만 통 대통령은 키리바시 국민과 태평양 사람들 그리고 전 세계인의 미래를 위해 옳은 일을 하고자 중대한 결정을 한 것이다.

국민들의 걱정을 해소하기 위해 키리바시 정부와 세계보존협회(CI)와 뉴잉글랜드 아쿠아리움은 재정조달 모델을 강구했다. 키리바시 법규 아래 비영리법인으로서 새 법정 신탁기관인 'PIPA신탁'을 설립하고, PIPA는 'PIPA신탁'과 키리바시 정부 사이에 체결된 '보호약정' 조건에 따라 관리하는 것으로 합의하였다. 키리바시에 PIPA신탁회 대표가 있지만 지분(持分)은 없다. 대신 뉴잉글랜드 아쿠아리움과 세계보존협회(CI)가 그 외 위임이사 자리를 맡고 있다.

보호약정 합의서의 기초는 독특한 '역입어권(逆入漁權)' 재정조달 프로그램이다. 이 프로그램은 PIPA 지정 이전에 입어권 판매로 얻던 수익만큼의 금액을 PIPA신탁이 키리바시 정부에게 변상한다는 내용이다. 이에 대신해 키리바시 정부는 만족할 만한 의무 수행을 조건으로 제시했으며 보호 약정에 정의된 바에 따라 PIPA 내의 문화 자원을 비롯한 육상 생물, 산호, 해양 천연 자원들을 장기적으로 보호할 의무를 가지게 되었다.

PIPA신탁은 재정조달 의무를 수행하는 데 있어 보호 약정과 PIPA신탁기금재단(PTEF) 설립법 하에서 지원을 받고, 기금은 사적·공적 기부를 받아 조성될 예정이다. PIPA신탁기금재단(PTEF)은 PIPA와 신탁의 운영 관리비 지출 재원을 충분히 마련하는 수준에서 출자될 것이며 이전의 어장 수입은

PIPA 내 활동 제한 및 종료, 즉 보전료로 쓰일 것이다. 신탁(PTEF)의 기금은 제3자인 민간인에 의해 전문적으로 관리될 것이다.

키리바시에 대한 재정조달 체계와 보전료의 목적은 키리바시가 건강·교육·사회복지를 위한 국비 지출에 영향을 받지 않고 미래 세대와 세계에 이로운 PIPA를 만들자는 것이다. 통 대통령의 장기 목표는 PIPA를 생태 관광과 연구에 적합한 플랫폼으로 활용해 키리바시에 부가가치와 고용 기회를 제공하는 것이다. 그는 키리바시의 행복한 내일을 꿈꾸고 있다.

기후평화를 외치다

통 대통령은 기후 변화와 해양 보호에 대한 공헌과 리더십을 인정받아 다수의 상과 훈장을 받았다. 2008년 아노테 통 대통령은 피닉스 제도 보호 구역 지정 과정에서 보여준 리더십을 인정받아 뉴잉글랜드 아쿠아리움으로부터 데이비드 스톤상을 수상하였다.

2009년에는 중화민국(타이완)으로부터 두 나라 사이의 국회의원 교류 촉진에 공헌한 데 대한 보답으로 두 개의 메달을 수상하였는데, 하나는 타이완 총통이 수여한 빛나는 옥색 대수장(민간인에게 수여되는 타이완의 최고 훈장)이고 다른 하나는 위안 국회의장이 수여한 명예메달이었다.

2012년에는 블루프론티어 캠페인으로부터 해양에 관한 뛰어난 국가적 책무에 대해 피터 벤즐리 해양상을 수상하였고, 같은 해 해양 관련 활동과 자연보호에 대한 보답으로 대한민국의 부경대학교로부터 명예 공학박사 학위를 받기도 했다.

2013년 2월에는, 힐러리 국제리더십연구소로부터 '기후평등' 리더십 부문에서 2012 힐러리상을 수상하였다. 힐러리 국제리더십연구소의 국제담당부서인 힐러리 서밋은 아노테 통 대통령을 4번째 힐러리상 수상자이자 2015년까지 중점을 두고 있는 '기후평등' 부문의 첫 번째 수상자로 선정하였다고 밝혔다. 데이비드 케이길 국제리더십연구소장은 "기후 변화의 영향과 그 영향의 국가 간 불평등을 키리바시처럼 극적으로 보여주는 나라는 없습니다. 통 대통령은 국제사회가 이 점에 주목하도록 하는 데에 끊임없이 노력하였습니다. 우리는 이 상이 그의 노력에 도움이 되기를 희망합니다."라고 선정이유를 밝혔다. 또한 힐러리 서밋의 이사이자 기후 변화에 관한 정부 간 협의체(IPCC)의 의장인 라젠드라 파차우리 박사는 이렇게 덧붙였다. "아노테 통 대통령이

"통 대통령은 국제사회가 기후 위기에 주목하도록 노력한 공로를 인정받아
'기후평등' 부문에서 처음으로 힐러리상을 수상하였다. "

〈출처: UN Photo/Guilherme Costa〉

선정된 것을 진심으로 기쁘게 생각합니다. 이러한 인정과 영예에 더 적합한 인물은 생각할 수 없습니다."

힐러리상 수상 이후 통 대통령은 그간의 업적을 칭송받으며 노벨평화상 후보로 추천되었다. 이들은 통 대통령을 노벨평화상 후보로 홍보하는 캠페인을 통해 기후 변화로 인해 큰 위험에 처한 사람들의 인권을 생각하도록 하는 계기를 갖고자 하였다.

키리바시의 국민들에게 기후 변화는 기반시설과 건강, 안전 그리고 그들 나라의 미래에 위협이 될 뿐 아니라 민족 문화의 소멸을 예고하고 있다. 이렇게 기후 변화에 취약한 키리바시의 지도자인 통 대통령은 오랫동안 세계 각국이 기후 변화의 위협과 영향에 대처하기 위한 적극적인 행동에 나설 것을 요구하였다.

그뿐 아니라 통 대통령이 당선된 2003년부터 도서 개발도상국들의 목소리를 기후 변화의 해결을 위해 국제적 논의의 장으로 옮기는 데 조력하였다. 여러 국제적 지도자들 중에서도 통 대통령은 기후 변화가 인류의 안전에 대한 큰 도전이라는 사실을 국제사회에 환기시키기 위해 설득력 있는 목소리를 내왔고 기후정의가 21세기의 세계 평화와 안전에 있어 매우 중요하다는 것을 천명하였다.

통 대통령 노벨상추진위원회는 기후 변화가 취약 국가의 주민에게 미치는 영향을 줄이기 위해 세계가 단호한 행동에 나설 것을 촉구해왔던 통 대통령의 용기 있는 리더십을 고려할 때 충분히 노벨평화상을 받을 자격이 있다고 보았다. 위원회는 이러한 캠페인을 통해 기후 변화에 대한 긴급하고도 중요한 세계적인 행동을 요구하는 태평양 지역민의 목소리에 국제사회가 귀를 기울이도록 노력하고 있다.

기후 변화는 21세기의 가장 시급하고 교훈적인 도전이다. 저지대 섬 공동체 중에서도 투발루, 마샬 제도, 몰디브, 키리바시와 같은 국가에서 기후 변화는 안전과 생존의 문제를 실질적으로 위협하고 있다. 해수면 상승의 악화되는 전망을 생각하면 저지대 섬 국가들은 비관적이 된다. 과거 생각해보지 못했던 주권과 관련한 전례 없는 국제법정문제와 기후 변화로 인해 침식하는 해안 지역과 침수 국가들의 배타적 경제수역 등 구체적인 논의가 이루어져야 한다. 해양 보호 구역과 어업에 심각한 영향을 미치는 중요한 문제이기 때문이다.

통 대통령은 이런 논의를 현실적으로 전개하면서도 타인을 소중하게 생각하는 인류애를 강조한다. 그는 선진국들에게 편한 생활 방식을 포기하라고 요구하지 않는다. 다만 필요 없는 전구를 끄는 것처럼 다른 국가를 배려하는 작은 실천이 도움이 된다고 강조하고 있다. 또한 국제사회가 인류애적 차원에서 기후 위기를 극복할 수 있도록 상호 협력하는 자세가 필요하다고 보았다.

아노테 통 대통령은 3선의 대통령 임기를 마치며 2015년 12월에 개최될 파리회담을 준비하고 있다. 프랑스 파리에서 열리는 제21차 기후 변화 협약 당사국 총회(COP21)는 2009년 코펜하겐회의 이후 두 번째로 맞는 역사상 가장 중요한 2주일이 될 것으로 예상된다. 이번 회의를 통해 모든 국가가 참여하는 Post-2020 신기후체제 협상이 타결될 예정이기 때문이다. 기후 변화 협약은 이번 당사국 총회에서 각국에서 제출한 국가별 온실가스 감축 목표를 바탕으로 2020년 선진국과 개발도상국이 모두 참여하는 '신기후체제 구

"통 대통령은 키리바시 아이들의
행복한 미소를 지켜 주기 위해 국제 사회의 책임 있는 행동을 촉구하고 있다.
기후취약국 대표로서 그의 리더십은 세계에 영향을 미치고 있다."

상'을 완성할 방침이다.

사실 통 대통령에게 지금까지 국제사회에서 진행된 협상내용은 대단히 실망스러운 것이었다. 협상의 관점에서만 문제를 처리하려 하고 구체적인 결론을 도출하지 못했기 때문이다. 또한 협상이 상호 무엇을 얻고 무엇을 줄 것인가를 놓고 싸우는 차원에서 머물러 있었다. 그러나 통 대통령은 이미 일어난 사실에 대해 상호 인정하고 보완적인 태도로 기후 변화에 접근해야 한다고 생각하였다. 기후 위기의 대응은 하나뿐인 지구의 미래를 결정하는 것이기에 누군가는 맞고 누군가는 틀린 시시비비를 가리는 토론이 아니다.

"우리가 진실로 이 문제를 해결할 의사가 있는가?" 지지부진한 회담의 성과에도 불구하고 통 대통령은 2009년 코펜하겐회의 때보다는 칸쿤회의가 진전했다고 믿는다. 이후 협상 당사자 간에 상당한 공통 기반이 형성되었다. 또한 모든 인류에게는 순수하고 위대한 도덕성이 내재되어 있다고 보았다. 수많은 나라들 중에서 특히 미국과 중국이 이미 약속한 모든 내용을 이행하리라고 기대하고 있다.

통 대통령에게 중요한 문제는 약속에 대한 실천이다. 키리바시와 같이 기후 변화 최전선에 있는 나라들의 관점에서 봤을 때 파리에서 합의하는 온실가스 수준이나 온도 상승 규정과 같은 것은 그들에게 아무런 영향을 주지 않는다. 이미 발생한 기후 변화의 여파가 키리바시에서는 심각하게 일어나고 있기 때문에 통 대통령은 이에 대한 특별 대응을 요청하고 있다.

그는 기후취약국의 문제를 다루는 긴급 지원 체제를 주장하면서 도덕적 인간으로서 최전선 국가에 있는 사람들에게 생길 영향에 대해 고려해야 할 것을 요청하고 있다. 그에게 기후 변화의 문제는 세계의 평화와 안정을 보장하는 유엔의 기본 의무이며 도덕적 인류가 해결해야 할 시험인 것이다. 기후 취약국의 대표로서 그는 국제사회의 책임 있는 행동을 촉구하며 기후평화를 이루기 위해 노력하고 있다.

CLIMATE PEACE

Anote
TONG

제 1 회 선학평화상 수상 기념 연설[1]

대한민국 서울, 2015. 8. 28

1) 본 연설은 아노테 통 대통령이 2015년 8월 28일 대한민국 서울 인터컨티넨탈 파르나스 호텔에서 열린 제1회 선학평화상 시상식장에서 수상 기념으로 한 연설이다.

한학자 총재님, 존경하는 홍일식 위원장님, 선학평화상위원회 위원님들, 모두구 비제이 굽타 박사님, 사랑하는 제 아내와 가족들, 친구 여러분 그리고 신사 숙녀 여러분! 우리나라 전통에 따라 여러분과 함께 키리바시의 축복을 나누고 싶습니다.

캄 나 베인 니 마우리! (건강이 충만하기를 바랍니다)

제가 권위 있는 선학평화상을 수상하게 된 것에 대해 오늘 이 자리에 함께한 제 아내와 가족 그리고 키리바시 정부와 국민 모두가 큰 영광으로 생각합니다. 저는 '세계 평화'라는 궁극의 목표를 이루기 위해 인류를 위해 헌신해 오신 고 문선명 선생님과 한학자 총재님께 경의를 표합니다. 만약 전 세계가 고 문 선생님과 한 총재님의 비전을 수용해 화해와 공존, 협력을 증진했다면 이 세상은 좀 더 평화로운 세상이 되었을 것입니다. 그러면 제가 이 자리에서 여러분 앞에 서는 일도 없었을 것입니다.

위원장님, 저희 국민들이 안전하고 행복한 미래를 바라며 저를 대통령으로 선택한 때부터 지금에 이르기까지 지난 12년간의 제 삶은 도전의 연속이었습니다. 저는 대통령직을 수락하며 그에 수반되는 책임을 받아들였고, 그중 하나가 국제사회에서 키리바시 국민들의 목소리를 대변해 그들의 문제를 해결하는 것이었습니다.

위원장님, 저는 2015년 제1회 선학평화상의 공동 수상자로 선정되면서 세계가 우리 국민들의 역경과 몸부림을 예의 주시하고 있으며, 무엇보다도 전 세계가 저희 국민들을 저버리지 않을 것이라는 크나큰 희망을 갖게 되었습니다. 저는 키리바시 국민들을 비롯해 기후 변화의 최전선에서 사투를 벌이고 있는 사람들이 홀로 남겨지지 않도록 최선을 다해 왔습니다.

기후 변화는 인류의 삶에 혹독한 영향을 미치고 있으며, 특히 우리 국민들을 비롯한 산호섬 거주자들은 국토, 생계 수단, 집, 국민 정체성과 문화 정체성이 현 세기 안에 사라질 수도 있는 기후 재앙의 최전선에 위태롭게 서 있습니다. 저는 지도자로서 우리 국민들을 보호하고 교육할 책임이 있습니다. 부모와 조부모의 입장에서는 더욱 우선시 되는 책임입니다. 자손들의 미래를 안전하게 보장하는 것은 우리의 도덕적 의무이기 때문입니다.

저는 세계 식량 안보에 영원히 남을 업적을 세운 공동 수상자 모다두구 비제이 굽타 박사님께 깊은 존경을 표합니다. 굽타 박사님과 같이 훌륭한 수상자와 함께 선정된 것은 정말로 과분한 일이라고 생각합니다. 더불어, 몇 년 동안 인내하며 저를 지지해준 제 아내 미미에게도 깊은 감사를 전하는 바입니다. 이 상은 저와 키리바시 국민들 그리고 제 아내를 위한 것이라고 생각합니다.

간략하게나마 수상 연설을 대신하며, 오늘 이 자리에 참석한 여러분과 전 세계가 우리 국민들의 역경과 운명에 관심을 가져주길 진심으로 바라면서 귀한 상을 받겠습니다. 그들을 위해 부디 옳은 일을 해주시길 요청 드립니다. 마지막으로 키리바시 전통 축복의 말을 전하고자 합니다.

테 마우리, 테 라로이, 테 타보모아! (건강·평화·번영이 여러분께 깃들기를 기원합니다)

감사합니다.

아노테 통 대통령이
선학평화 상의 설립자인 한학자 총재로부터
메달을 수여받고 있다.

선학평화상 시상식에서
메달 수여 후 기념 촬영을 하고 있다.
왼쪽부터 설립자 한학자 총재, 아노테 통 대통령,
모다두구 비제이 굽타 공동수상자,
홍일식 선학평화상위원회 위원장

월드 서밋 2015 연설[2]
기후 변화와 세계 평화

대한민국 서울, 2015. 8. 28

2) 본 연설은 아노테 통 대통령이 2015년 8월 28일 대한민국 서울 인터컨티넨탈 파르나스 호텔에서 열린 국제 컨퍼런스 '월드서밋 2015'에서 제1회 선학평화상 수상 기념으로 한 연설이다.

이 뜻깊은 자리에서 연설을 하게 된 것을 영광으로 생각하며 키리바시 국민들을 대신해 여러분께 키리바시 전통의 평화와 안전을 비는 축복을 말로 인사말을 대신하겠습니다.

캄 나 베인 니 마우리! (건강이 충만하기를 바랍니다!)

먼저, 오늘 우리를 한자리에 모이게 해주신 한학자 총재님과 전 인류를 포용하고 세계 평화를 빚어내고 후원하는 비전에 깊은 감사를 드립니다. 실로 평화와 안보야말로 현 세대와 후손들을 위해 우리 모두가 소망하는 것입니다. 저는 권위 있는 선학평화상이 월드 서밋과 더불어 세계인의 의식을 한 차원 높일 것이라 확신하며, 이를 통해 인류의 생존을 위협하는 문제들을 해결하기 위한 세계적인 움직임이 일기를 바랍니다.

신사 숙녀 여러분! 하나밖에 없는 우리의 세계, 우리의 지구, 우리의 집이 지금 중대한 전환점을 맞았습니다. 우리가 결과에 대해 신중하게 생각하지 않고 끝없이 단기적 이익을 추구한다면, 하나밖에 없는 우리의 집과 지구는 돌이킬 수 없게 파괴될 것입니다. 그 피해의 영향권에 있는 것은 비단 우리 국민만이 아닙니다. 전 인류가 될 것입니다.

제가 기후 변화 캠페인을 시작한 초기에는 사람들이 "기후 변화가 실제로 일어난다는 과학적 공식과 데이터가 어디에 있습니까? 당신이 과학자입니까?"라고 저를 비난했습니다. 저는 과학자가 아니라고 대답했습니다. 그러나 저는 "저희 국민들이 가여웠으며, 무엇보다도 국민들과 함께 기후 변화가 우리의 집과 생활 터전에 미치는 영향을 실제로 경험했습니다"라고 말했습니다.

신사 숙녀 여러분! 해발 3m도 안 되는 낮은 산호섬에 살고 있는 우리 국민들은 해수면 상승뿐 아니라 사이클론 팜, 극도의 기후 패턴들로 인해 지금까지 겪어보지 못했던 큰 위기에 직면해 있습니다. 강한 바람을 동반한 만조가 우리의 섬과 집과 마을을 엉망진창으로 만들고 있습니다. 어떤 지역은 심각한 해안 침식으로 인해 마을 전체가 이전을 해야 했습니다. 또한 바닷물이 침범하여 농작물이 파괴되고 식수원은 오염되었습니다.

우리의 섬과 집은 사람이 더 이상 살 수 없을 것이며, 이것은 현 세기에 국한된 문제가 아닙니다. 집을 비롯해 국민으로서, 문화로서 모든 정체성을 잃어버림으로 말미암아 우리 후손들의 미래가 위기에 처하게 된 것입니다. 키리바시는 지금 투발루, 마샬 제도, 토켈라우, 몰디브 등 낮은 산호섬 국가들과 함께 기후 재난의 최전선에서 사투를 벌이고 있습니다.

키리바시를 비롯한 태평양의 작은 산호섬 국가의 국민들은 더 이상 세계가 기후 변화를 위해 어떤 결정을 내릴지 기다릴 여유가 없습니다. 사람들과 문화, 공동체, 마을들, 도시들, 국가들의 미래가 전부 위기에 처한 채 시간이 지나가버렸습니다. 전 인류는 하나밖에 없는 우리의 집, 우리의 지구를 살리기 위해 '도덕적 의무감'을 갖고 문제해결을 위한 행동을 해야 합니다.

신사 숙녀 여러분! 그러나 희망은 있습니다. 12년이 지났습니다. 지난 몇 년간 국제 공동체는 기후 변화가 더 이상 진행되지 않도록 논의를 해왔고, 기후 위기에 대한 인식이 확산되고 있다고 생각합니다. 분명 인식이 확산되고 있습니다. 이 문제를 해결하기 위해 국제적 수준의 약속도 분명 있습니다.

그러나 모든 인류의 행동에서 기인한 이 문제는 기후 변화의 진행을 완화하고 해결할 역량과 능력을 갖춘 사람들에게 그다지 중요하지 않은 문제로 인식되어 버렸습니다. 세계적인 리더십과 책임감이 부재하기 때문입니다. 유감스럽게도 평화와 안보 문제의 영향과 피해를 고스란히 감수해야 하는 사람들은 바로 가장 적은 역량과 능력을 가진 약소국의 사람들입니다. 우리는 평화와 안보 문제를 통해 기후 변화의 심각한 피해를 줄일 수도 있고, 반대로 모든 국가 문화 정체성을 비롯해 우리의 생명을 초토화시킬 수도 있습니다.

신사 숙녀 여러분! 키리바시 국민들은 끊임없이 제게 물어옵니다. 국제사회로부터 무엇을 기대할 수 있는지, 키리바시 국민으로서의 미래가 존재하는지, 조상 대대로 지켜온 고향에 남을 수 있는지……. 도움을 호소하는 국민들의 간절한 청원을 저는 무시할 수도 외면할 수도 없습니다.

오늘 우리는 지도자로서 기후 변화 취약국의 국민들에게 "여러분의 생존과 생명은 소중합니다. 우리 국제 지도자들은 이에 대비해 해결책을 마련해 두었습니다. 해수면이 얼마나 상승하든, 얼마나 심각한 폭풍이 몰아치든 상관없이 여러분의 땅과 집을 높일 확실한 기술적 해결 방안이 있으며, 필요한 자원도 늦기 전에 완벽하게 준비됩니다." 라고 자신 있게 말할 수 있습니까?

투발루, 몰디브, 마샬 제도, 토켈라우 그리고 키리바시 같은 기후 변화 취약국들은 실제 어떤 선택을 할 수 있겠습니까? 키리바시는 어떤 형태로든 해수면 위에 영토를 남겨두는 전략을 채택했습니다. 그 일을 실행하기 위해 많은 옵션들이 제시되었습니다. 섬을 띄우는 방법도 있습니다. 왜 안 되겠습니까? 우리의 섬을 현재의 높이에서 예상 해수면 높이로 높이는 방법도 있습니다. 이 또한 왜 안 되겠습니까? 저는 옵션들을 추진하고자 하는 한국 정부와 섬을 높일 기술적 해결 방안에 대해 의논했습니다. 네, 희망은 있습니다. 하지만 그 일은 우리가 하나가 되어 지금 당장 '행동'해야 하는 일입니다. 기후 변화의 문제는 관습과 인습의 틀에서 벗어나 생각해야 합니다. 매우 특수한 문제이기 때문에 관습에 얽매이지 않은 창의적인 해결 방법이 요구되기 때문입니다.

그러나 신사 숙녀 여러분! 우리 정부는 현실을 인정했습니다. 온갖 방법을 동원해 혹독한 기후 조건과 해수면에 맞서 국토를 남기더라도 이 땅은 현재의 인구를 수용하지 못할 것입니다. 그리고 우리는 이를 실행할 규모의 자원이 없습니다. 세계가 국제적 차원에서 생각하고 약속을 이행하지 않는 한 필요한 수준의 자원을 확보하기 어려울 것입니다.

따라서 이주는 적응 전략의 일부일 수밖에 없으며, 우리는 이주 가능성에 대비해 국민들을 준비시켜야만 합니다. 우리는 젊은 사람들이 자격을 갖추고 선택할 수 있도록, 협력 단체들의 도움을 받아 '기술 교육'을 시작했습니다. 새로운 환경에 가더라도 그들은 존엄성과 자신감을 잃지 않는 국민이 될 수 있을 것입니다. 기술 교육은 우리 자손들의 든든한 미래 안보를 위해 반드시 필요하기 때문에 어떻게든 제공해 주어야 하는 것입니다.

신사 숙녀 여러분! 싫든 좋든 후손들의 미래를 위해 선택권을 준다는 것은 오늘을 희생해야 한다는 의미입니다. 제 조국 키리바시는 종종 군소 도서 개발국으로 불립니다. 그러나 811km²의 육지 면적이 350만km²의 바다에 걸쳐 흩어져 있는 매우 긴 산호섬 국가로, 미국 알래스카보다도 두 배 이상 면적이 큰 나라입니다.

'거대한 산호섬 국가'이기에 바다는 키리바시의 지속가능한 발전과 국민들의 삶을 위해 매우 중요한 역할을 하며, 생계 및 문화와 전통에 커다란 부분을 차지하고 있습니다. 우리는 식량을 제공하고 우리의 정체성을 일깨워주는 바다와 깊은 영적 교감을 나누며 평화롭게 공존해 왔습니다. 즉, 바다가 생명줄인 것입니다.

우리 국민의 미래를 위해 바다와 바다 자원은 더없이 중요하지만, 그럼에도 불구하고 우리는 2008년 우리의 영해에 세계에서 가장 큰 바다 보호 구역 중 하나인 '피닉스 제도 보호 구역'을 설정했습니다. '피닉스 제도 보호 구역'은 보통 PIPA라고 불리는데, 2015년 1월 1일을 기해 PIPA 내에서의 모든 상업적 어업 행위가 중단됐습니다.

키리바시 배타적 경제수역의 11%에 해당하는 PIPA의 면적은 40만km^2 이상이며, 이는 미국 캘리포니아의 면적과 같습니다. PIPA는 유네스코 세계자연유산으로 등재되었습니다. 이곳은 원시 환경 속에서 환초의 생물 다양성 및 산호초를 연구할 수 있고, 산호의 백화현상과 회복현상을 연구할 수 있는 가장 큰 자연 실험실입니다. PIPA는 기후 문제에 대한 우리의 대응 전략 중 하나로, 어떤 환초 생태계가 우리의 주요 문제에 적응할 수 있을지 연구하기 위한 것입니다.

참치의 주요 산란 장소인 PIPA의 '어업 폐쇄'는 수산 자원의 보호 및 회복, 세계 식량 안보에 큰 도움이 될 것입니다. PIPA는 미래에 대한 투자입니다. PIPA는 우리를 비롯한 국제 공동체와 미래 세대를 위한 '희생'이자 바다 생물의 보호와 보존을 위한 '선물'입니다. 무엇보다도 공익을 위해 희생은 불가피하며, 바다의 건강은 희생을 통해 유지할 수 있다는 심각한 약속을 국제 공동체에 알리기 위한 것입니다.

신사 숙녀 여러분! 여러분은 제가 '기존 탄광의 확장 및 새로운 탄광 개발 중지'를 요구한 것을 들으셨을 것입니다. IPCC(기후 변화에 관한 정부 간 협의체)도 공식화했지만, 과학은 세계가 파국적인 기후 변화를 피하려면 대량의 탄소 비축분을 땅속에 남겨두어야 한다고 경고하고 있습니다. 즉, 세계는 석

탄 태우는 것을 매년 줄여야만 합니다.

우리 국민들은 이러한 노력을 기후 변화의 진행을 늦추기 위한 국제 공동체의 적극적인 조치로 받아들일 것입니다. 이는 비록 천 리 길 중 한 걸음을 디디는 것에 불과하지만, 우리 국민들에게 "네, 우리는 여러분과 여러분의 자녀들을 위해 안전한 미래를 확보했습니다."라고 말할 수 있는 전환점이 될 것입니다. 저는 오늘 이 자리에 함께 하신 여러분이 '새로운 탄광 개발 및 기존 탄광 확장 중지' 요구에 목소리와 힘을 보태주실 것을 기대하고 있습니다.

신사 숙녀 여러분! 기후 변화의 최전선에 있는 사람들은 고통 받고 있습니다. 우리는 해수면이 조금만 높아져도 생존과 생계가 크게 위협받습니다. 시간이 절대적으로 중요한데, 기후 변화의 절박함이 국제 안보의 위협으로 충분히 강조되지 않고 있습니다.

기후 변화의 맹습은 조용하게 다가오고 있기에 우리를 안일하게 하며, '지금은 기후 변화를 해결하는 비용이 많이 드니, 그냥 다음 세대에게 넘기자'라는 생각을 갖게 합니다. 이런 안이한 생각은 안보 문제를 더욱 치명적으로 위험하게 만들고 있습니다. 우리는 모두 기후 변화의 혹독함과 빈번함을 어느 정도 경험했습니다. 그렇지 않기를 바라지만 기후 변화로 인한 재난이 지금보다 빈번해지면 전 세계에서 대참사가 발생하고, 싸움이 벌어지고 발전이 중단될 것입니다.

우리는 후손들을 위해 이 재난을 '인식'하는 것 이상의 일을 해야 합니다. 우리는 피해보는 사람 없이 평화와 안보 문제를 포괄적으로 해결하는 '행동'을 해야 합니다. 우리 지구와 세계 공동체의 미래를 지키는 '행동'을 해야 하며, 누구도 버려지지 않을 것이라 보장하는 '행동'을 해야 합니다. 무엇보다도 최전선 국가들의 가장 취약한 사람들을 위해, 기후 변화로 발생한 기존 문제들과 안보 문제를 시급히 해결하는 '행동'을 해야 합니다.

사실 우리는 홀로 그 일을 할 수 없고, 어떤 나라 사람이든 그 행동이 나머지 세계와 동떨어져서도 안 됩니다. 하나의 지구에 공존하고 있는 책임 있는 세계 시민으로서, 지구를 보호하는 것과 후손들에게 안전한 미래를 보장하는 것은 현 세대의 도덕적 의무입니다.

후손들을 위해 옳은 일을 합시다! 이 말씀을 끝으로, 키리바시 전통의 축복인 건강·평화·번영을 여러분과 함께 나누며 마치도록 하겠습니다.

· 테 마우리, 데 라오이, 아오 테 타보모아!(건강·평화·번영이 여러분께 깃들기를 기원합니다)

감사합니다.

CLIMATE PEACE
Anote
TONG

부록.
제70차 유엔 총회 기조연설[3]

3) 본 연설은 2015년 9월 28일 미국 뉴욕에서 개최된 제70차 유엔 총회에서 아노테 통 대통령이 한 기조연설이다.

의장님

각하님

반기문 사무총장님

존경하는 대표단 여러분

신사숙녀 여러분

　키리바시 정부와 국민들을 대신하여 역사적인 70번째 UN총회 세션에서 연설을 하게 된 것을 큰 영광으로 생각합니다. 키리바시에서는 모든 행사를 축복을 빌어주는 말로 시작합니다. 키리바시 전통에 따라 축복을 여러분과 함께 나누고자 합니다. 캄나 베인 니 마우리(건강이 충만하기를 바랍니다.)

　의장님

　새로운 개발 아젠다를 실행하는 첫 해인 70번째 총회의 세션을 책임지시고, 또 지속가능한 개발에 관한 역사적인 정상회의를 성황리에 마치신 것을 축하드립니다. 키리바시는 의장님을 전적으로 지원하고 협력할 것을 약속드립니다. 또한 이 자리를 빌어 전임자셨던 Sam Kutesa 의장님께서 재임기간 동안의 다양한 책무를 수행하시며 더불어 최근 새롭게 채택된 지속가능한 개발 아젠다(SDG)를 형성할 수 있도록 과중한 업무를 이끌어 주신 리더십에 감사인사를 드리고 싶습니다.

　의장님

　또한 흔들리지 않는 의지로 매사에 최선을 다하는 반기문 사무총장님을 칭예하고 싶습니다. 반 사무총장님은 다양하고 복잡한 현실과 전 세계 인류와 국가들이 직면한 수많은 문제들을 해결하기 위해 유능한 조종사가 되어 UN을 이끌어 왔습니다. 특히, 저는 최근 채택된 새로운 지속가능한 개발 아젠다(SDG)를 발전시키는 데 기여한 그의 훌륭한 리더십과, 우리가 오늘날 글로벌공동체로서 직면하고 있는 주요 도전들의 최전선에 취약하게 노출되어 있는 사람들이 국제적 관심을 받을 수 있도록 흔들리지 않는 리더십을 보여주신 반 사무총장의 의지에 감사드립니다.

의장님

저희는 다자간 공동 정책의 역사에 있어 아주 중요한 시기에 봉착하게 되었습니다. 국제사회는 드디어 새로운 지속가능한 개발 아젠다(SDG) "우리 세계의 변혁: 지속가능한 개발을 위한 2030 아젠다"를 지지하게 되었습니다. 또한 우리는 UN 창립 70주년을 축하하고 있으며, 두 달 후에는 각국 지도자들이 파리에서 열리는 기후정상회의에서 기후변화를 해결하고자 하는 협정을 마무리 지을 것입니다.

우리는 이 자리를 축하함은 물론, UN이라는 중핵적 국제기구가 회원국 중 가장 취약한 사람들의 요구에 응답을 해줘야 하는 문제가 남아 있음을 다시 한번 확인하고 또 보장해 주어야 합니다. 이는 UN이라는 조직의 타당성을 위한 실제적 시험인 것입니다.

의장님

만약 우리가 세계공동체의 일원으로 행동하지 않고, 최전선에 있는 주요 문제들에 집중하지 않는다면 그것이 무엇이든 UN의 리더십을 지켜보고 있는 수백만 명의 기대를 져버리는 것이 될 것입니다. 저는 사무총장님이 가장 가난한 사람들의 빈곤 완화를 위해, 에볼라 바이러스 치료를 위해, 청소년들과 여성의 발전에 참여와 목소리를 높이기 위해, 성적 차별을 종식시키기 위해, 기후변화에 관한 평화와 안보를 위해, UN과 세계적 주목을 이끌어낸 헌신과 리더십에 다시 한번 깊은 감사의 말씀을 전하고 싶습니다.

의장님

우리가 직면한 문제가 지난해보다 더욱 심각해졌기 때문에 우리는 이 역사적인 세션을 위해 뉴욕에 다시 모이게 되었습니다. 기후변화, 갈등, 테러리즘, 사이버 범죄, 초국가적 조직범죄, 현재 유럽의 난민 대이동에 의해 제기된 안보문제 및 새롭게 부각되고 있는 도전들은 글로벌공동체로서 지속가능한 개발을 이루고자 하는 우리의 노력과 평화와 안보를 위한 국제사회의 노력을 계속하여 약화시키고 있습니다.

이 글로벌 도전들의 근본원인이 무엇이냐는 질문을 받는다면, 주요한 답은 최근 주목하고 있는 새로운 지속가능한 개발 아젠다(SDG)에 대한 관심 부족에서 비롯되었다는 것을 깨닫게 될 것입니다. 그 목표들은 새로운 것들이 아닙니다. 대부분은 국가 발전계획과 전략에 이미 포함되어 있는 내용입니다. 다만 새로운 것은 번창하고 평화롭고 정의롭고 평등한 사회, 모두에게 이로운 사회를 이룰 수 있는 변혁적 변화가 가능하도록 함께 노력하는 국제사회의 노력이 요청된다는 것입니다. 이것은 한 나라의 의사결정과 행동이 다른 나라들에도 영향을 주게 되는 상호의존적 세계에서 매우 중요한 것입니다.

의장님

새로운 아젠다를 채택함에 있어 MDG의 미결사항들을 배제해서는 안
될 것입니다. 키리바시를 비롯한 많은 나라들은 MDG 실행에 대한 확실한
심사표를 받지 못했습니다. 우리 모든 저지대국가(SIDS)들은 개발 노력에
있어 주된 도전에 직면하고 있으며, 그 문제들은 기후변화에 의해 더 복잡
해졌습니다.

의장님

저희 국민들은 해수면이 3미터도 채 되지 않는 저지대 산호섬에 살고 있
습니다. 기후 시스템의 변화와 해수면 상승으로 인해 저희 섬은 현재 역사상
경험해 본 적이 없는 도전에 직면해 있습니다. 해수면이 상승하는 것뿐만 아
니라 태풍 마이삭, 태풍 돌핀에 연이어 키리바시, 바누아투를 비롯한 태평양
저지대 섬들을 덮친 사이클론 팸 같은 극한 자연재해를 경험하였습니다.

의장님

강풍을 동반한 킹 타이드(King tides)가 저희 섬, 집, 마을, 사람들에 막
대한 피해를 입혔습니다. 더욱 두려운 것은 그것들의 빈도와 강도가 점점 높
아지고 있다는 것입니다. 어떤 지역에서는 마을 전체가 심각한 해안 침식과
홍수로 인해 이주를 해야 했습니다. 농작물들은 훼손되었고, 국가 식수의 주
원천인 담수렌즈는 바닷물이 침입해 점점 더 오염되고 있습니다. 저희 국민
들은 이 현상들의 강도가 점점 강력해지는 것을 보며 불안에 떨고 있습니다.
기후 변화에 가장 취약한 사람들은 여성, 아동, 장애인, 환자, 노인들처럼 보

호가 필요한 사람들입니다.

의장님

이 모든 현상들은 이미 압박 받고 있는 국가 시스템과 제한된 국가 자원에 더 큰 어려움이 될 것입니다. 키리바시를 비롯해 투발루, 마샬아일랜드, 토켈라우 제도 같은 저지대 산호섬 국가와 전 세계 태평양 연안에 살고 있는 수백만의 사람들을 위해서는 지속가능한 개발의 이야기를 시작하기 전에 기후변화로 인해 발생하는 이 중대하고도 긴급한 "지금, 여기"의 문제를 해결해야만 합니다.

의장님

국제사회가 채택한 새로운 개발 아젠다에 대한 우리 약속에 대한 첫번째 실질적 시험은 파리 기후정상회의가 될 것입니다. 만약 12월에 열릴 파리 기후정상회의에서 기후 변화의 최전선에 있는 사람들과 지구온난화를 멈출 수 없는 사람들을 위한, 그리고 인류 구원을 위한, 이 시급한 문제를 해결할 수 있는 법적구속력이 있는 협정을 찾아내지 못한다면 새롭게 채택된 지속가능한 개발 아젠다(SDG)는 아무 의미가 없게 될 것입니다.

의장님

파리 협정은 세계평균온도가 기필코 산업화 이전의 수치에서 1.5도 이상까지 상승하지 않도록 온도 상승을 제한한다는 장기 온도 목표를 포함해야 할 것입니다. 또한 독립요소로서 손실 및 손상에 대한 조항도 포함해야 할 것입니다.

　의장님

　우리 모두는 세계 온실가스 방출을 경감시키기 위해 국가적 총력을 강화해야 할 것입니다. 우리는 온실가스 주요 방출국들에게 그들의 역할을 수행할 것을 강력히 권고해야 합니다. 지난 주, 온실가스를 가장 적게 방출하는 나라 중 하나인 저희 나라는 UNFCCC 사무국에 INDC(Intended Nationally Determined Contributions : 각국 이산화탄소 감축 목표)를 제출하였습니다.

　기후변화와 해수면상승으로 기후 재난의 최전선에 있는 저지대 사람들을 돕기 위해서 발전파트너들과 자선 민간 기업인들에게 긴급한 도움을 요청합니다. 불확실한 미래에 대해 탄력적인 준비를 구축하고자 하는 우리의 노력에 이들의 도움이 절실합니다.

　지금 이 시점은 국제사회에서 사용가능한 모든 자원이 요구되는 새로운 문제가 생겼음을 인지하고, 지속가능한 개발과 기후변화와 같은 전 지구적 도전이 정부 차원으로 국한되어서는 안된다는 점을 받아들여야 할 중요한 시점입니다.

　도와줄 수 있는 능력을 가지고 있는 사람들, 기여를 할 수 있고 세계적 대화에 참여할 수 있는 사람들, 더욱 중요하게는 이 주요 도전을 해결할 수 있는 긴급한 행동에 동참할 수 있는 사람들에게 도움을 요청합시다.

　여러분 나라의 젊은이들과 여성, 시민사회, 민간부문, 교회, 대학, 전통기관, 토착민 그리고 가능한 모든 사람들과 함께 합니다. 모두 하나되어 함께 합시다. 기여를 할 수 있는 사람이 있다면 그렇게 합시다. 우리는 후기 2015 개발 아젠다를 개발하는 데 그 포괄적 접근법을 환영합니다. 또한 에볼라에 맞서 싸우기 위한 세계 건강 어셈블리의 국제적 과정에 있어 대만의 합류 또한 환영하며 우리는 다른 국제기구와 UN과정, SDG를 실행하는 것, 기후에 관한 긴급한 행동을 요청하는 것에 관한 포괄적 접근에 유사성을 볼 수 있기를 희망합니다. 대만을 포함하여 인류를 위해 의미 있는 기여를 할 수 있는 모든 국가들은 꼭 그렇게 할 수 있도록 데리고 와야 합니다. 그들이 참여하게 해야 하는 것입니다.

의장님

"일반적인 접근법"은 더 이상 발전의 방법으로 고려될 수 없습니다. 자신이 안전한 지역, 경제적 논쟁, 그리고 정치적 "금기"에 있다고 한정 짓지 마시길 바랍니다. 기후변화에 대한 문제는 인류에게 더 큰 도전입니다. 그것은 국익을 논하는 수준 이상의 의제이며, 세계적 의식을 가지고 고려되어야 합니다. 우리는 전통적인 사고의 틀, 규범을 벗어나 생각해야만 합니다. 이것은 특별하고 혁신적인 해결책을 요구하는 매우 심각한 문제이기 때문입니다.

의장님

기후 변화 담론에 있어 "변화의 바람"이 불어오고 있으며 희미한 희망의 빛이 떠오르고 있다는 것을 말씀드릴 수 있게 되어 매우 기쁩니다. 우리는 기후변화에 대해 프란치스코 교황의 목소리가 더해진 것을 환영하는 바이며, 전 세계가 기후변화를 주요 문제로 인식하고 긴급한 행동을 요구하는 약속에 대한 메시지와 표현이 크게 증가한 것을 환영하는 바입니다. 또한 우리는 국제사회가 마침내 우리의 메시지에 귀 기울이고 우리 국민들의 처지에 공감하게 되었다는 만족스러운 "변화"를 환영하고 있습니다.

하지만 의장님

기후변화가 주요 문제라는 저희의 이야기를 듣고 인식하는 것만으로는 충분치 않습니다. 우리는 그에 관련한 긴급한 행동이 필요합니다. 지금 우리가 최전선에 있긴하지만 전 세계의 저지대에 살고 있는 수백만명의 사람들도 저희만큼 위험한 위치에 처해 있습니다. 지속적인 가뭄, 상승하는 온도 그리고 녹고 있는 빙하에 직면하고 있는 다른 수백만 명의 사람들도 마찬가지입니다. 지속가능한개발과 최근 채택된 새로운 아젠다가 실질적으로 기후변화에 맞서기 위한 노력을 기울이지 않는다면 이는 우리들에게 아무 의미가 없습니다.

의장님

우리는 미래세대에 대한 전적인 책임이 있으며 우리의 책임을 다해야 할 것입니다. 키리바시에서는 국민들의 생존을 보장하기 위한 다면전략을 채택하였습니다. 다른 나라에 이주지를 구입했으며, 인공섬과 국토를 예상 해수면상승수준 이상의 높이로 유지할 수 있는 방법도 살펴보았습니다. 또한 존엄한이주 프로그램에 따라 국민들의 기술력 향상을 위한 주요 교육개선 프로그램도 시작하고 있습니다.

하지만 이것은 저희 혼자서는 해낼 수 없습니다. 전 세계적인 협력이 필요한 일입니다. 저희는 가장 취약한 사람들이 기후변화에 적응하고 거주지를 지을 수 있게 도울 수 있는 새롭고 접근 가능한 재정 자원을 요청하는 바입니다. 저희는 대만을 포함한 파트너들의 지속적인 도움을 환영하지만 더 많은 약속이 이루어져야 합니다.

녹색기후펀드에 대한 중요한 약속들이 이루어지고 있는 것은 긍정적인 일입니다. 그러나 그 약속에 대한 접근성과 그 약속이 무엇을 실천하고, 어디가 가장 중요한가의 이슈로 전환되는 과제가 남아있습니다. 저희는 능력이 있는 다양한 기관들의 도움을 환영하지만 그런 도움들이 과정을 거치면서 약화되지 않는 것 또한 매우 중요합니다.

의장님

우리는 이 유엔 총회에서 유엔의 70주년을 축하하는 것 못지 않게 새로운 지속가능한 개발 아젠다(SDG)를 채택함에 있어 자신을 가져야 하며, 그것이 우리의 기본 주제인 만큼 어떤 회원국도 버려지지 않아야 할 것입니다. 단순히 '기후변화는 생존의 문제다' 라고 말하고 인정하는 것만으로는 충분하지 않습니다. 이것은 세계 시민으로서 그리고 도덕적 사회의 인간으로서 어떤 행동을 취할 것인지에 대한 우리의 답변인 것입니다.

의장님

저는 이 지구촌에서 누구도 버려지지 않을 것이라는 것을 보장하는 것이 지속가능한 개발 아젠다(SDG)의 효과성과 연관성에 대한 실질적인 시험이 될 것이며, 또한 70주년을 축하하는 유엔 가입국들 간의 연관성을 실험하는 것임을 다시 한번 말씀 드리고 싶습니다. 아직 저희 국민들과 기후변화의 최전선에 있는 사람들은 버려질지도 모른다는 가능성에 직면하고 있습니다.

그래서 저는 가장 취약한 사람들의 목소리에 힘을 실어줄 것을 이 70번째 총회 세션에 요청하는 바이며, 우리가 공유하고 있는 하나의 집이자 행성인 지구의 치유를 시작할 수 있는 법적 구속력이 있는 협정을 국제사회에 요구하고자 합니다.

저는 또한 이 70번째 세션에서 파리협약에서 지구 온도가 산업화 이전의 수치에서 1.5도 이상 상승하지 않게 하기 위한 조항에 저희의 목소리를 포함시킬 것을 요청합니다. 기필코 손실 및 손상에 대한 조항을 포함시켜야 하며, 긴급한 도움이 "지금 당장" 필요한 기후변화의 최전선에 있는 수백만 명의 사람들을 위해 빠르게 대처할 수 있는 특별한 메커니즘이 포함되어야 합니다.

의장님
키리바시 전통의 축복을 공유하며 마치고자 합니다.
테 마우리 테 라오이 테 타보모아 (여러분 모두에게 건강, 평화, 그리고 번영이 있기를 소망합니다.)
감사합니다.

부록.
모나코 블루 이니셔티브 제3차 회의 연설[4]

---

4) 본 연설은 2012년 6월 4일에 열린 여수 세계 박람회 모나코 블루 이니셔티브 제3차 회의에서 아노테 통 대통령이 한 연설문이다.

모나코 알버트 2세 왕자전하

토리비옹 대통령 각하

주성호 국토해양부 제2차관님

모나코 블루 이니셔티브 회원 및 후원자 여러분

사회자님

패널리스트 여러분

귀빈 여러분

신사 숙녀 여러분

키리바시와 태평양에서 여러분께 환영인사를 드립니다.

캄 나 마우리(안녕하십니까?)

모나코 블루 이니셔티브의 제3차 회의에 참석하여 여러분과 바다에 대한 우리의 사랑, 비전, 열정을 공유하고, '해양 보호 구역에서의 어업'이라는 토론 주제와 관련하여 우리의 경험을 공유하게 되어 기쁘게 생각합니다. 해양 보호 구역의 건강한 환경과 사회 경제 발전 간의 잠재적 시너지를 확인하려는 모나코 블루 이니셔티브의 목표는 중요하고도 실용적입니다.

진행하기에 앞서 왕자전하와 이 토론에서 발언하도록 초대해주신 컨퍼런스 조직위원회 여러분께 심심한 감사를 드립니다. 또한 저와 제 아내 그리고 저의 대표단이 아름다운 이 나라에 도착한 이래 따뜻하게 환대해주시는 한국 정부와 국민들께도 깊은 감사를 드립니다.

신사 숙녀 여러분,

예비 지식으로 저의 나라 키리바시에 대해 간단히 말씀 드리겠습니다. 키리바시는 적도에 걸쳐 있는 태평양 상의 국가로 33개의 낮은 환초들로 구성되어 있습니다. 환초는 해발 2m 이하로 솟아오르는 좁고 길쭉한 땅으로, 5백만km²의 해역에 걸쳐 흩어져 있습니다. 우리의 배타적 경제수역은 350만km²이고 국토 면적은 810km²입니다. 우리는 땅덩어리는 작지만 실로 거대한 물의 나라입니다.

전체 인구는 10만 명 이상이며 인구의 절반이 수도인 사우스 타라와에 살고 있습니다. 우리의 바다는 생계의 근원으로 우리에게 약 90%의 단백질을 공급하고 있습니다. 바다는 또한 개인 및 국가적 차원에서 수입의 주요 근원이기도 합니다. 80%의 국민들이 어업으로 생계를 유지하고 있습니다. 저의 정부는 수입의 40%를 '입어(入漁) 허가증'을 판매해 얻고 있습니다. 어떻게 보면 상당한 것 같지만, 물고기 가격의 5%에 불과합니다. 부가가치를 통해 이 중요한 자원으로부터 수익을 극대화하는 것이 저희 정부의 강한 바람이자 소망입니다. 저는 우리의 일부 산업 파트너들과 협력하여 그 길이 열렸다는 말씀을 드리게 되어 기쁘게 생각합니다.

신사 숙녀 여러분,

바다의 자원은 한정되어 있습니다. 앞으로도 바다에 의지해 살아가려면, 지속 불가능한 소비 패턴을 바꾸고 귀중한 자원을 보호해야 할 것입니다. 이는 우리 모두를 감싸고 있는 바다의 상태가 좋지 않기 때문입니다. 바다의 공동체로서, 관리인으로서, 전체 생태계로서 우리는 현재와 미래 세대를 위해 바다의 건강, 온전함, 생존 능력을 보호할 책임을 공유하고 있습니다. 하지만 그간 바다의 건강은 크게 방치되었고 이로 인해 태고 이래 우리에게 제공된 필수 재화와 서비스 생산 능력에 문제가 생겼습니다. 이에 대해 아무런 조치를 취하지 않는 다면 우리와 인류의 미래는 심각한 위험에 빠지게 될 것입니다.

그것이 바로 우리가 이 컨퍼런스에 모인 이유입니다. 우리의 생계와 생존 을 위해 함께 바다의 상태에 관심을 가지고 바다의 건강, 온전함, 생존 능력 을 향상시킬 행동을 하겠다는 결단을 해야 합니다. 우리는 공적 분야, 과학 적 분야, 학술적 분야, 경제적 분야, 사회적 분야에서 정치적 분야에 이르기 까지 다양한 분야의 바다 공동체를 대표하고 있습니다.

해양 지역의 통합 관리에 특별한 초점을 맞추는 모나코 블루 이니셔티브 의 이번 회의 주제 '살아 있는 바다, 숨 쉬는 연안'은 적당하고 시기적절합니 다. 세계 바다들의 건강은 경제 발전을 추구하는 지속 불가능한 소비 패턴에 수세기 동안 영향을 받고 있습니다. 현재와 미래 세대의 생존을 위해서 바다 의 건강과 생존 능력 및 생태계를 회복하는 것은 필수적이며 이를 위해 해양 관리에 대한 통합 생태계 기반 접근 방식이 필요합니다.

오염, 어류 남획, 거주지 파괴 그리고 기후 변화는 바다가 직면한 주요 과 제들입니다. 우리는 과거 컨퍼런스들에서 바다와 자연 자본의 가치 및 보호 조치들 그리고 경제적 가치의 해양 생물들을 보았습니다. 이제 행동에 초점 을 맞추어야 할 때입니다. 무행동의 대가는 대참사입니다.

태평양에 있는 국가들은 개별적으로 또한 연대로 행동을 취하고 있습니 다. 이 중 일부를 말씀 드리겠습니다. 우리는 키리바시의 피닉스 제도 보호 구역(PIPA)을 통해 바다 문제 해결에 공헌을 했지만 이것은 태평양 지역의 수많은 국가 기획들 중 하나에 불과합니다. 2010년 PIPA는 '세계유산목록

(the World Heritage list)'에 등재되어 현재까지 세계에서 가장 큰 자연 유산 지구가 되었습니다. 이 역사적인 사건은 키리바시와 PIPA 파트너들을 비롯해, 태평양과 바다에 대한 열정을 공유한 사람들의 주요 업적이자 승리입니다. 우리는 바다 관리 프로그램 시행을 지원해줄 국제 자원의 집결을 희망하고 있습니다.

PIPA에 익숙하지 않은 분들을 위해 PIPA에 관한 몇 가지 사항들을 말씀 드리겠습니다.

키리바시는 2006년 자국의 배타적 경제수역 일부를 해양 보호 구역으로 지정하고, 2008년까지 40만km² 이상의 해역, 혹은 11%의 배타적 경제수역을 피닉스 제도 보호 구역(PIPA)으로 지정했습니다. 저는 그런 광대한 영역을 돌보는 도전을 여러분이 올바르게 평가할 것이라고 확신합니다. 피닉스 제도와 인근 바다의 보호는 인류에 대한 우리의 선물이며, 기후 조절에서 주어지는 바다의 역할을 이용해 기후 변화에 대처하기 위한 것입니다. 이것은 생물다양성협약(the Convention on Biological Diversity)의 '아이치타겟'과 같이 세계적인 생물 다양성 보호 노력에 일조하려는 것이며, 해양 보호 구역망의 형태로 2011년에 1%였던 연안과 해역 보호를 2020년까지 10%로 늘릴 것입니다.

PIPA는 세계에서 유일무이하며, 방해 없이 '열대해양시스템에서의 기후 변화 영향'을 연구할 수 있는 천연의 기후 변화연구소로서 국제적 의미가 있습니다. PIPA의 지정은 결코 간단한 것이 아니었습니다. 국내외 세력들이 강한 의문을 제기했기 때문입니다. 국민들은 절실히 필요한 재원의 잠재적 손실에 대해 항의했고 어업 파트너들은 비옥한 어장의 일부 손실에 대해 이의를 제기했습니다. 이것은 오늘 아침 세션과 관련이 있습니다. 우리의 건강과 교육 프로그램에 지출하는 재원을 양보하지 않고 어떻게 자연 자본을 보호할 수 있습니까? 이 지역의 풍부하고 자연 그대로인 해양 생태계를 보호·보전하기 위해 PIPA 전체를 고립시킴으로써, 키리바시는 어장 수입에서 연간 약 4백만 달러의 손해를 본다고 추정됩니다. 연간 예산의 40%정도를 입어료(入漁料)에 의존하는 저희 나라에게 쉬운 일이 아닙니다. 이것은 힘든 결정이었지만 저의 정부는 우리 국민과 태평양 사람들 그리고 전 세계인의 미래를 위해 옳은 일을 하려고 노력하고 있습니다.

우리 국민들의 걱정을 해소하기 위해 저희 정부와 PIPA 파트너 국제환경보전협회(Conservation International)와 뉴잉글랜드 아쿠아리움은 재정 조달 모델을 강구했습니다.

키리바시 법규 아래 비영리법인으로서 새 법정 신탁기관인 'PIPA신탁'이 설립되었고, PIPA는 'PIPA신탁'과 키리바시 정부 사이에 체결된 '보호 약정'조건에 따라 관리될 것입니다. 키리바시에 PIPA신탁회 대표는 있지만 지분(持分)은 없으며 뉴잉글랜드 아쿠아리움과 국제환경보전협회가 그 외 위임이사 자리를 맡았습니다.

보호 약정 합의서의 기초는 독특한 '역 입어권(逆入漁權)' 재정 조달 프로그램입니다. 이 프로그램은 PIPA 지정 이전에 입어권 판매로 얻던 수익만큼의 금액을 PIPA신탁이 키리바시 정부에게 변상한다는 내용입니다. 이것은 키리바시 정부의 만족할 만한 의무 수행을 조건으로 하고 있으며 보호 약정에 정의된 바에 따라 PIPA 내의 문화자원을 비롯한 육상 생물, 산호, 해양 천연 자원들을 장기적으로 보호할 의무를 가집니다.

PIPA신탁은 재정 조달 의무를 수행하는 데 있어 보호 약정과 PIPA신탁기금재단(PTEF)설립법 하에서 지원을 받을 것이며, 기금은 사적·공적 기부를 받아 조성될 것입니다. PIPA신탁기금재단(PTEF)은 PIPA와 신탁의 운영관리비 지출 재원을 충분히 마련하는 수준에서 출자될 것입니다. 그리고 이전의 어장 수입은 PIPA 내 활동 제한 및 종료, 즉 보전료로 쓰였습니다. 신탁(PTEF)의 기금은 제3자인 민간인에 의해 전문적으로 관리될 것입니다.

키리바시에 대한 재정 조달 체계와 보전료의 목적은, 키리바시가 건강·교육·사회복지를 위한 국비 지출에 영향을 받지 않고 키리바시의 미래 세대와 세계에 이로운 PIPA를 만드는 것입니다. 장기적 목표는 PIPA를 생태 관광과 연구에 적합한 플랫폼으로 활용해 키리바시에 부가가치와 고용 기회를 제공하는 것입니다.

다음 단계는 저희 정부가 PIPA의 목적을 실현할 수 있도록 신탁기금재단의 기부금을 확보하는 것입니다. 이것이 실패한다면 수입 손실을 보충하지 못해 해역을 보호하지 못하는 결과를 초래할 것입니다. 그렇기 때문에 한마음이 된 파트너들이 우리의 노력을 지원해주길 열렬히 희망하는 바입니다.

신사 숙녀 여러분,

의지와 열정만 있다면 희생도 감수한다는 점을 생각할 때, PIPA의 지정은 기후 변화 토론이 한창일 때에 꽤 강한 진술입니다. 지금도 해수면 상승으로 인해 우리 섬들은 한 세기 내에 사라질 가능성이 있지만 우리는 공통 유산으로 여겨지는 것을 보호하는 일이 가치 있다는 것을 알고 있습니다. 감당하지 못할 정도로 육상 자원이 소비되고 대기가 오염되는 이때에, 마지막 남은 것일지도 모를 자연 자본을 보호하고 보전하는 것은 필수 사안입니다. 이는 자연의 한 종으로서 우리의 생존에 대단히 중요한 일입니다.

PIPA의 등록은 국제환경보전협회와 뉴잉글랜드 아쿠아리움의 무수한 협조와 각고의 노력이 있었기에 가능했습니다. 이제 현재와 미래 세대를 위해 우리의 공통 유산을 지키는 중요한 문제가 남았습니다. 여러분 모두 저희와 합심하여 이 귀중한 보물을 지켜주시기를 간절히 부탁드립니다.

태평양 지역에선, '태평양 해양경관(the Pacific Oceanscape)'이 2009년 태평양 도서국 포럼(the Pacific Islands Forum Meeting)에서 통과되었습니다. 이 포럼은 호주와 뉴질랜드를 포함한 태평양 지역의 연례 정부수반 회의입니다. 2010년엔 '태평양 해양경관 프레임워크(the Pacific Oceanscape Framework)'가 태평양 도서국 포럼에서 통과 되었습니다. 프레임워크는 태평양 지역의 기관으로 역내의 해양 보호 구역과 외부의 해양 보호 구역 간의 협력과 교류를 증진할 것이며, 역내의 '유엔 해양법 협약(UNCLOS)' 시행 강화 및 기후 변화의 영향으로 발생된 주권과 해양 경계선 문제와 같은 사안에 대해 과학적인 연구와 교류를 장려할 것입니다. 태평양 해양 경관은 모든 국가 및 역내의 해양 보호 노력과 프로그램을 하나의 아치형 체제 아래 결집시키는 기회를 제공합니다. 이러한 노력과 프로그램들에는 '태평양 도서국 역내 해양 프로그램', '미크로네시아 도전', '산호 삼각지대 이니셔티브', '나우루 협약하에서와 같은 어업 보호와 관리 노력', '태평양 군도 포럼 수산기구의 진행 중인 활동', '태평양 공동체 사무국'과 '태평양 도서국 환경사업국'이 포함됩니다. 우리는 이것을 우리의 지역 너머로 진척 시켜보고 싶습니다. 세계은행의 '해양 자원 글로벌 파트너십(Global Partnership for Ocean)'을 포함한 동맹국 및 다국 간 파트너들이 긍정적인 반응을 보였습니다.

신사 숙녀 여러분,

기후 변화에 의한 난관들을 극복하는 데 있어, 해양 생태계의 회복력을 키워 해양 생물이 기후 변화로 인한 변화에 적응할 수 있도록 절호의 기회를 주는 것은 불가피한 일입니다. 이를 통해서만 생계와 안녕을 바다에 직접 의존하는 수백만의 사람들과 바다가 세계적인 기후 변화의 맹습에서 살아남을 수 있습니다.

기후 변화는 21세기의 가장 교훈적인 도전입니다. 저지대 섬 공동체 중에서도 투발루, 마샬 제도, 몰디브, 키리바시와 같은 국가에서 기후 변화는 안전과 생존의 문제를 실질적으로 위협하고 있습니다. 해수면 상승이 악화되는 전망을 생각하면 저지대 섬 국가들은 비관적이 됩니다. 제가 수도 없이 그랬듯이 대다수 여러분들도 주권과 관련한 전례 없는 국제법정문제에 대해 생각해 보셨을 것입니다. 기후 변화로 인해 침식하는 해안지역과 침수 국가들의 배타적 경제수역은 어떻게 될지 등이 구체적으로 논의가 돼야 합니다. 이것은 해양 보호 구역과 어업에 심각한 영향을 미치는 중요한 문제입니다. 저는 이런 문제들을 완전히 해결해 본적이 없지만 모나코 블루 이니셔티브는 이 문제들을 해결할 수 있을 것이라 생각합니다.

신사 숙녀 여러분,

"우리의 자녀와 그들의 미래 세대들을 위해 어떤 유산과 미래를 남기고 싶습니까?" 며칠간에 걸쳐 여러분의 노력을 도울 것이지만 우리가 우리의 행성, 환경 그리고 바다와 강하게 연결되어 있음을 상기해야 할 것입니다. 현재와 미래 세대를 위해 다 함께 협동하여 우리의 자연 자본을 지킵시다.

마지막으로 건강·평화·번영의 키리바시의 축복이 여러분께 깃들기를 기원하며 며칠 후에 있을 중요한 심의들에서 최선을 다하길 바랍니다. 감사합니다.

부록.
제16차 유엔 기후 변화 협약 당사국 총회 기조연설 [5)]

---

5) 본 연설은 2010년 12월 3일 멕시코 칸쿤에서 개최된 제16차 유엔 기후 변화 협약 당사국 총회(COP16)에서 아노테 통 대통령이 한 기조연설이다.

대통령 각하, 유엔 기후 변화 협약(UNFCCC) 사무국장님, 대표 사절단 여러분, 신사 숙녀 여러분, 우선 이런 중요한 시기에 이정표가 될 만한 중요한 회의를 열어주신 펠리페 칼데론(Felipe Calderon) 대통령님과 멕시코 정부, 국민들께 감사드립니다. 또한 16번째 당사국 총회이며, 교토의정서 회의의 역할을 하는 6번째 당사국 총회의 의장으로 선출되심을 축하드립니다.

대통령 각하, 작년에 저는 기후 변화에 관한 정부 간 패널(Intergovernmental Panel On Climate Change: IPCC)의 제4차 보고서의 절망적인 예측에도 불구하고, 우리 국민들에게 희망을 주고자 다른 지도자들과 함께 코펜하겐을 방문했습니다. 예전처럼 긍정적이지는 않지만 오늘 저희는 칸쿤에 모였고, 코펜하겐협상 때의 분위기를 이어갈 수 있기를 희망합니다.

키리바시가 코펜하겐 협상에 서명하지 않은 이유는 몇 가지 조항들이 우리 국민들의 생존을 확실히 보장해줄 수 없다고 보았기 때문입니다. 코펜하겐 협상 이후 우리는 기후 변화 적응 전략에 필요한 추가적인 자금 지원을 위해 지속적으로 노력해 왔습니다. 그 중요한 협정이 맺어진지 1년이 지났지만 많은 부분은 실현 불가능하며 상황은 더욱 절망적으로 치닫고 있음에도 불구하고 기후 위기 완화와 적응을 위한 해결책은 여전히 나오지 않고 있습니다.

대통령 각하, 기후 변화가 현재에도 일어나고 있고 앞으로도 있을 거라는 과학계의 확신만이 아니라, 기후 변화로 인한 부정적인 영향이 특정 바다의 해수면 상승을 일으킨다는 예측들에 대해 이제껏 너무 소극적이었다는 것을 확인하였습니다. 저희와 서태평양에 위치한 저지대 도서국들은 나무와 해안선이 바다에 쓸려가는 광경들을 계속하여 목격하였으며, 그것은 무언가 잘못되고 있음을 의미한다는 것을 깨달았습니다. 작년에 코펜하겐 COP15에서 연설한 이후 우리나라는 더 많은 어려움을 겪었습니다. 지금 이 순간에도 지구 곳곳에서 벌어지는 극심한 태풍과 기후 관련 재해들은 우리의 자연에 광범위하고 심각한 문제점이 있음을 시사하고 있습니다.

대통령 각하, 기후 변화로 인한 영향들이 다른 나라들에게는 치명적이고 시급한 일이 될 수도 있다는 것은 중요한 사실입니다. 말씀 드린 것처럼 키리바시와 같은 기후 변화 최전선의 취약국들 대부분은 심각한 해수 침식, 주택과 인프라의 손실, 물의 오염과 식량 경작의 파괴 등의 부정적인 문제들로 궁극적으로 소멸하게 될 것입니다.

그러나 코펜하겐 이후의 느린 협상 속도에는 시급함이 느껴지지 않으며, 실질적 행동도 더디게 이루어지고 있습니다. 저는 이 프로세스를 진행하기 위해 많은 일과 자원이 필요할 것이라 확신하며, 이 칸쿤회의에서 구체적인 결과를 이끌어 내기를 희망합니다. 그래야만 1년 뒤에 열릴 두르반 회의에서 법적 구속력까지 갖출 수 있는 것입니다. 우리가 결정을 늦출수록, 기후 변화의 최전선 국가들은 더욱 약해질 것이라는 점을 인지해야 하겠습니다.

대통령 각하, 앞서 연설했던 다른 기후 취약 국가들의 대표들과 저는 국제 사회가 여전히 이 프로세스에 관여된 여러 당사국들의 각기 다른 입장을 포괄하여 구체적이고 복잡한 이해관계를 조정하는 데에만 급급하고 있음에 실망과 우려를 금치 못했습니다. 그런 접근 방법이 이상적이라는 것은 알고 있지만, 그 방법으로는 아마 수년, 수십 년이 지나서야 결론이 맺어질 것입니다.

저희와 같은 취약국들에게는 시간이 없습니다. 이런 취약국들의 요구에 귀 기울여 주시기를 요청합니다. 이 칸쿤회의에서 현재 논의 진행 중인 사안들을 실질적인 합의를 이끌어 내기 위한 노력의 일환으로, 저희 정부는 지난

달 국제 기후 변화 회의인 타라와 기후 변화협약을 개최했었고, 이번 회의에서도 유용한 내용들이 결과물로 나왔습니다.

대통령 각하, 크고 광범위한 타라와 기후 변화 협약에 참가하여 연설할 기회를 가진 것은 우연한 일이 아닙니다. 타라와 회의는 기존의 기후 변화 토론들과는 다른 측면에서 이야기해봐야 한다는 저희의 신념하에 의도적으로 기획된 회의였습니다. 이 회의는 선진국이든 개발도상국이든, 힘이 있는 나라든 없는 나라든, 돈이 있는 나라든 없는 나라든, 인구가 많은 나라든 적은 나라든, 이 지구 상에 살고 있는 모든 이들이 함께 해야 한다는 것이 핵심이었습니다. 또한 이러한 논의에 시민 사회, 교회, 여성, 그리고 무엇보다도 중요한 미래 세대의 목소리가 반영되어야 합니다. 우리는 유엔 기후 변화 협약(UNFCCC)이 이런 포괄적 접근을 수용하기를 바라며, 지구를 살리자는 이 중대한 회의에 초청되기를 강력하게 요구하는 바입니다. 이 지구는 우리와 그들의 집이며 그들도 국제적 토론과 대응에 함께 참여할 의무가 있습니다.

대통령 각하, 안보선언에 명료하게 설명된 것처럼 긴급한 문제, 특히 기후 변화의 최전선에 있는 취약국 국민들의 생존 보장을 위해 상자 안에만 있는 논의들이 즉각적인 행동으로 바뀌어야만 합니다. 기후 변화의 재앙들이 우리에게 너무 늦은 이야기가 되지 않도록 지금 대응하고, 지금 합의해야 하는 시급함을 국제사회에 강력히 주장하고자 기후 변화 취약국의 대표이자 기후 취약 포럼의 멤버로서, 타라와 기후 협약 회의를 개최하였습니다.

대통령 각하, 국제사회의 일원으로서 우리는 더 이상 예전처럼 일해서는 안 된다고 생각합니다. 우리는 시급함을 느끼고, 우리 모두의 관심인 최전선 취약국들에게 벌어지는 일들을 듣고, 주의를 기울이며 책임감을 가지고 함께 행동해야 합니다. 이것은 국제사회에 대한 이른 경고이자, 인류의 미래에 닥칠 운명에 대한 선고입니다. 온 세계, 특히 기후 변화 최전선의 취약국들은 칸쿤회의에서 인류의 생존을 보장해줄 수 있는 시급한 대응을 끌어내는 국제적 리더십을 보여주기를 기대합니다.

대통령 각하, 우리는 기후 변화 위기의 최전선 취약국들의 협조로 칸쿤회의에서 합의점을 찾을 수 있을 것이라 기대합니다. 기후 변화 최전선 국가들의 문제를 해결하는 데 협조하기 위해, 본 회의를 원칙 및 조항과 일치되는 실질적인 '시급한 해결책'을 위한 결정이라고 명명하겠습니다.

대통령 각하, 우리는 기후 위기 최전선의 취약국들의 특별 요구 사항들을 파악하는 것 이상을 해야 합니다. 우리는 즉각적인 행동을 위해 특별 요구 사항 파악 다음으로 넘어가는 것에 대한 책임을 져야 합니다. 우리는 반드시 시급한 행동이란 무엇인가를 제시할 수 있는 결정들을 해야 합니다.

대통령 각하, 우리 모두는 이번 칸쿤회의에서 무언가를 성취하고, 마음의 평화를 느끼고 본 회의를 마무리 짓고 싶어 합니다. 저는 사람들에게, 특히 저희 나라의 젊은이들에게, 지도자들이 이번 칸쿤회의에서 그들의 미래를 보장하는 정책들에 합의했다는 결론을 가지고 본국으로 돌아가고 싶습니다. 코펜하겐에서 협상되었던 것같이, 작은 섬나라 취약국들의 기후 변화 대응을 위한 사용 가능한 기금을 확보하겠다는 약속 말입니다.

대통령 각하, 저는 대통령 각하와 본 회의에 참석하신 모든 대표 분들께, 우리의 지구가 직면한 엄청난 책임에 신중할 것을 당부 드리며, 키리바시 전통의 축복을 비는 인사를 올립니다.

Biography

Anote Tong

Born on 11 June 1952, Fanning Island, Line Islands, Kiribati
University of Canterbury London School of Economics
President of the Republic of Kiribati

Professional Background

1978-1980	Project Officer, South Pacific Bureau for Economic Cooperation (SPEC)
1983-1992	Director, Atoll Research and Development Unit, USP
1994-1996	Minister of Natural Resources Development
1996-2003	Member of Parliament (Boutokaan Te Koaua party)
2003-2007	Elected President of the Republic of Kiribati
2007-2011	Re-elected for second term as President of the Republic of Kiribati
2012-Present	Serving third term as President of the Republic of Kiribati

Major Awards

2008	David B. Stone Award <New England Aquarium Foundation>
2009	Brilliant Jade with Grand Cordon <President of Taiwan>
	Medal of Honour <Speaker of the Legislative Yuan>
2012	Peter Benchley Ocean Award <Blue Frontier Campaign>

아노테 통

1952. 6. 11. 키리바시 라인제도 패닝섬 출생
영국 런던정경대학교 경제학 석사
키리바시공화국 대통령

주요 경력

1978-1980   남태평양경제협력기구(SPEC) 프로젝트 책임자
1983-1992   아톨연구재단(USP) 소장
1994-1996   자연자원개발부 장관
1996-2003   국회의원
2003-2007   키리바시공화국 대통령 당선
2007-2011   키리바시공화국 대통령 재선
2012-현재   키리바시공화국 대통령 3선

수상 경력

2008   데이비드 스톤상 수상 〈뉴앵글랜드 아쿠아리움〉
2009   빛나는 옥색 대수장 수상 〈대만 총통 수여〉
       명예메달 수상 〈위안 국회의장 수여〉
2012   피터 벤츨리 해양상 수상 〈블루프론티어 캠페인〉
       힐러리상 〈힐러리 국제리더십 연구소〉